Volkmar Nebe / Ralf Pingel

Männer können auch anders

W0237740

atb aufbau taschenbuch

Volkmar Nebe lebt in Hamburg. Er arbeitete als Krankenpfleger, Treckerfahrer und Traumschiffpianist. Seit 1990 ist er Roman-, Drehbuch- und Theaterautor.
Ralf Pingel lebt in Köln und arbeitet seit 1998 als Drehbuchautor.

Unterschiedlicher könnten sie gar nicht sein: Mike schlägt sich in Köln mit Gelegenheitsarbeiten durch, während Tobias in Hamburg als Medienberater das Geld nur so zu scheffeln scheint. Im Zug vertauschen die beiden versehentlich ihre Laptops – und öffnen neugierig die Dateien des anderen. Aus dem Streit über die Rückgabe der Computer entwickelt sich eine seltsame Freundschaft. Tobias versucht Mike zu erklären, wie er die Liebe seines Lebens erobern kann – und Mike will Tobias beibringen, dass Geld nicht alles ist. Dann macht Mike sich auf, Tobias zu begegnen – und eine Überraschung jagt die andere.

Auch als E-Book erhältlich.

Volkmar Nebe/Ralf Pingel

Männer können auch anders

Roman

atb aufbau taschenbuch

MIX
Papier aus verantwortungsvollen Quellen
FSC® C083411

ISBN 978-3-7466-2769-4

Aufbau Taschenbuch ist eine Marke
der Aufbau Verlag GmbH & Co. KG

1. Auflage 2012

Umschlaggestaltung Mediabureau Di Stefano, Berlin
unter Verwendung eines Motivs von plainpicture/Design Pics
und © Skip ODonell/iStockphoto
Druck und Binden CPI – Clausen Bosse, Leck
Printed in Germany

www.aufbau-verlag.de

15. 3.
18:07

Hallo, herr fürstenberg,

ich weiß nicht, ob sie's schon bemerkt haben. Aber ich glaube, uns ist ein kleines missgeschick passiert. So wie's aussieht, haben wir beide heute im IC aus berlin unsere taschen vertauscht, mit unseren klamotten, laptop, mit allem. Jedenfalls, als ich vorhin mein zeug auspacken wollte, waren da nur ihre sachen drin.
Zuerst habe ich schön doof geguckt … aber dann fiel mir ein, dass ich im zug gesehen habe, dass sie genau das gleiche crumpler-bag hatten. Zum glück haben sie ihre adresse in die tasche geschrieben (muss ich auch mal machen). Da steht, sie kommen aus hamburg. Dann sind sie bestimmt in hannover umgestiegen, während ich weiter nach köln gefahren bin.
Habe ich recht? Steht bei ihnen in diesem moment meine tasche auf dem tisch? Dann sollten wir überlegen, wie wir unsere sachen zurücktauschen. Per kurier? post? Ich brauche jedenfalls unbedingt meinen rechner wieder.
Sie bestimmt auch, oder?

Lg aus kölle
Mike Gerlach

15. 3.
19:03

Sehr geehrter Herr Gerlach,

vielen Dank, Sie glauben nicht, welcher Stein mir vom Herzen fällt!!! Ich hatte schon befürchtet, dass mein Laptop gestohlen wurde. Eigentlich traurig, wie abhängig man von diesen Dingern wird, nicht wahr?
Also, wir machen es, wie Sie vorgeschlagen haben: ein Austausch (der ja quasi kostenneutral ist).
Leider haben Sie in Ihrer Mail vergessen, Ihre Adresse in Köln anzugeben, ohne die geht es leider nicht.

Vielen Dank im Voraus,
mit herzlichen Grüßen
Tobias Fürstenberg

Tobias Fürstenberg
Senior Media Consultant
Eppendorfer Baum 23
20149 Hamburg
040-4206787
0172-6600667

16. 3.
11:09

Morgen, herr fürstenberg,

wie nett, dass sie sich so schnell gemeldet haben. Dann hatte ich also recht, sie haben tatsächlich meine tasche und meinen computer. Im vergleich zu ihrem ist das ja nur so eine alte kiste, aber natürlich würde ich ihn trotzdem gerne wiederhaben.
Übrigens: Ich konnte einfach nicht widerstehen, ich musste mir unbedingt mal ihren rechner genauer anschauen. Wow! Was für ein superteil! Ich dachte immer, diese apple-kisten wären nur was für poser. Aber ihr power book ist wirklich klasse, so schnell und dann diese bildqualität. Toll! Wie teuer ist so was? Na egal, könnte ich mir sowieso nie leisten.

Apropos teuer: Sagen sie bloß, der sportwagen auf ihrer wallpaper gehört ihnen? Was für ein wagen! So einen habe ich ja noch nie gesehen! Meine wg-kumpel meinten, das wäre ein englischer sportwagen. Stimmt das? Und die blondine daneben, ist das ihre freundin? Glückwunsch, das leben scheint es wirklich gut mit ihnen zu meinen.

Bis bald und lg aus kölle
Mike Gerlach

PS: Ach ja, meine adresse für den versand. 50935 köln, hermeskeiler weg 45b, phone 02214437899. Handy habe ich im moment nicht, habe ich in berlin verloren.

16. 3.
11:13

Was denken Sie sich eigentlich, Herr Gerlach, meinen Laptop zu öffnen!!!! Und dazu noch vollkommen grundlos!
Der Inhalt geht Sie nichts, aber auch gar nichts an! Nicht, dass ich etwas zu verbergen hätte, aber der Inhalt meiner Festplatte ist nach deutschem und europäischem Recht ja wohl Privatsache!
Natürlich habe ich mir Ihre Festplatte auch angeschaut – aber das war eine Nettigkeit Ihnen gegenüber. Ich wollte Ihre Adresse ermitteln, um Ihnen Ihren Besitz zurückzusenden. Das führte bei mir aber nicht dazu, dass ich mich über Ihre »Slam Poems of a nasty Nude girl« ausgelassen oder mich über die Rechtschreibfehler auf der Website für den Copyshop mokiert hätte. Das geht mich nichts an, genauso wenig wie Sie mein MG Midget 1500 oder das Foto meiner Assistentin!

Schicken Sie mir umgehend meinen Besitz zurück, sonst erstatte ich Strafanzeige!

Fürstenberg

16. 3.
14:26

Sehr geehrter Herr Gerlach,

ich möchte gerne sichergehen, dass unser Austausch auch wirklich stattfindet, bitte melden Sie sich noch einmal. Wenn ich mich in meiner letzten Mail im Ton vergriffen habe, tut es mir leid. Ich war äußerst aufgebracht, als ich sie geschrieben habe. Wenn es möglich wäre, Mails nachträglich zu löschen, würde ich es tun. Also: Verzeihung!

Herzliche Grüße
Tobias Fürstenberg

16. 3.
21:07

Hallo Herr Gerlach? Was ist denn nun?
Tobias Fürstenberg.

17. 3.
10:07

Hallo,

wie sind sie denn drauf? Ich wollte doch nur wissen, was das für ein auto ist! Mehr habe ich gar nicht gemacht. Dafür haben sie auf meiner festplatte herumgestöbert, ich glaub, ich spinne! Big brother ist watching you oder wie? Ja, sie haben verdammt noch mal recht: Meine texte und meine anzeigen gehen sie gar nichts an! Warum haben sie sie sich dann trotzdem angeschaut? Wenn hier jemand ein gesetz gebrochen hat, dann ja wohl sie! Wie schön, dass ich ihr geständnis sogar schriftlich habe …

Sie wollen ihren bescheuerten schickimickinobelrechner wieder haben? Tut mir leid, im moment habe ich keine zeit, mich darum zu kümmern.

M. Gerlach

17. 3.
12:21

Verehrter Herr Gerlach,

sehen Sie das Ganze doch einfach ganz kühl als Geschäft.
Der Point of Sale dabei ist: Begegnen wir uns auf Augenhöhe?
Nehmen wir beispielsweise Ihre Datei »Carola.doc«, mit all den Mails, Fotos und Ihren Kommentaren dazu. Für mich gewinnen Sie darin mächtig an Profil, Mike: Sie scheinen diese Frau wirklich zu lieben, und das schon seit Jahren, obwohl nichts läuft. Respekt! Sie glauben an die Liebe, wenn ich das mal so kitschig ausdrücken darf.
Ihre eigenen Kommentare erscheinen mir allerdings etwas zu pessimistisch: Warum können Sie dieser phantastischen Frau kein Gegenüber sein?
Ich glaube, Sie könnten es!
Sie wirken zwar etwas ziellos – warum haben Sie nicht studiert? –, aber Sie sind doch kreativ, begabt und intelligent. Nutzen Sie Ihre Möglichkeiten!
Für Carola!
Carola wird das auch von Ihnen verlangen, da bin ich sicher.
Sie weiß, was sie will. Deshalb habe ich große Bedenken, wenn sie die Videoaufnahmen von Ihrem Rechner sieht: Sind die wirklich alle mit ihrem Einverständnis gemacht worden, mit dem Teleobjektiv vom Garten aus?
Diese Frage möchten Sie natürlich nie im weltweiten

Netz dokumentiert und diskutiert wissen, auf Facebook, getwittert, auf YouTube etc., oder?
Auf meinem Rechner werden Sie im Gegenzug nichts Interessantes finden. In meiner Generation speichert man private Infos im sichersten Speicher der Welt: dem eigenen Hirn. Den materiellen Wert meines Laptops kann ich zudem von der Steuer absetzen, aber ich hänge nun mal an dem Teil, ich weiß selbst nicht, wieso.

Kommen wir ins Geschäft?

Mit herzlichen Grüßen aus dem sonnigen Hamburg
nach Köln
Tobias Fürstenberg

17. 3.
23:05

Das wird ja immer besser mit ihnen! Finger weg von carola! Ja, ich liebe sie, sie ist meine traumfrau. Und irgendwann werde ich ihr das bestimmt auch sagen. Aber das ist nun mal nicht so leicht, sie ist eben was ganz besonderes. Das geht nicht so mit dem holzhammer. Schließlich hat sie schon einen freund, glaube ich.
Aber egal! Das geht sie auch gar nichts an. Ich brauche ihre ratschläge nicht, das kriege ich schon ganz alleine hin. Überhaupt, was soll dieses gequatsche von geschäft und point of sale? Ich versteh kein wort.
Aber ich kapiere, dass sie mich erpressen wollen. Na schön, bis jetzt habe ich mich ja zurückgehalten. aber nun habe ich auch mal einen blick in ihre dateien geworfen.
Interessante fotos! Wer ist denn diese schwarzhaarige, die sie da im arm halten? Ich denke, die blonde auf dem wallpaper ist ihre freundin? Wissen die beiden voneinander? Und wieso sind auf den anderen fotos meistens immer nur sie drauf? Sie am hafen, sie im park, sie am meer. Und dann dieses foto, wo sie mit freiem oberkörper und gewichten vor einem spiegel stehen. Ich glaube, das würde sich bei facebook auch gut machen. Wie wär's, wenn ich eine kleine collage mit ihren fotos bei youtube ins internet stelle, falls sie verstehen, was ich meine …

So, genug für heute. Morgen schaue ich mir mal ihre anderen ordner an. »Private zone« und »business« – hört sich ja spannend an. Mal sehen, was ein senior media consultant eigentlich macht!

Gute nacht und bis dann
Mike

18. 3.
00:15

Okidoki, Mike-Boy,

geschenkt, wir begegnen uns also auf Augenhöhe.
Halten wir zwei Dinge fest:
Jeder von uns hat den Rechner des anderen und gibt ihn nicht heraus.
Es ist davon auszugehen, dass jeder sämtliche Dateien des anderen lesen wird.
Was folgt daraus? Ärger? Wut? Empörung? – Klar, das war die erste Welle.
Aber wie geht es jetzt weiter?
Wenn ich darüber nachdenke, sehe ich in unserer Situation auch Chancen. Es ist doch allgemein so, dass man Problemlösungen bei anderen viel klarer sieht als für sich selbst. Warum sollte ein Fremder wie Sie nicht mal mein Leben kommentieren? Was habe ich zu verlieren? Gut, ich fürchte natürlich, dass mein Leben deutlich langweiliger ist als Ihres: Wohlsituierter Familienvater trifft coolen Großstadtsingle.
Das Aufregendste haben Sie ja schon entdeckt:
Ja, die Blonde ist meine Ehefrau Maybritt, die Dunkle meine Exgeliebte. Zum Glück habe ich das alles mit Maybritt besprochen, das war eine harte Zeit, aber unsere Beziehung ist gestärkt daraus hervorgegangen.
Shit happens, so ist es nun mal.
Wenden wir uns lieber den Chancen zu.
Ich bin sicher, dass sich mit Carola und Ihnen großartige Perspektiven eröffnen werden, wenn Sie die Dinge in

Ihrem Leben etwas klarer angehen. Was nicht unbedingt spießiger heißt: Mir ist schon klar, dass Carola als ehemaliges Attac-Mitglied nicht in den Vorstand der Deutschen Bank strebt (oder doch?). Trotzdem, wenn es eine Wahrheit neben dem Tod gibt, ist es die: Frauen suchen Sicherheit. Das heißt in Carolas Fall nicht unbedingt Geld, da können Sie sich glücklich schätzen, es gibt viele andere Frauen, die achten nur darauf.

Aber innere Sicherheit, die sollten Sie schon mit in die Beziehung einbringen.

Das fängt ganz konkret bei Ihren Projekten an.

Darf ich Sie als Marketingexperte auf ein paar thematische Unschärfen hinweisen?

Da ist zum Beispiel die Website, die Sie für das Kindertheater »Robinson & Freitag« gestaltet haben (toll, Theater für die ganz Kleinen, ab 3). Ihr Entwurf ist kreativ, mit Luftballons, die in den Himmel fliegen, und interaktiven Spielen. Alles, was einem so als Erstes einfällt. Sie fahren auf, was Sie an Grafik draufhaben, und das ist eine Menge. Nur: Sie bleiben bei sich, nehmen sich wichtig, obwohl Sie der Unwichtigste in dem ganzen Spiel sind.

Was wissen Sie denn über Ihre Zielgruppe?

Warum sollen Eltern mit so kleinen Kindern in ein Theaterstück von »Robinson & Freitag« gehen?

Was ist dabei das übergeordnete Thema, die Frage, die beantwortet werden muss?

Kreativität? – Nein, das setzt man voraus. Mit bunten Luftballons werben auch politische Parteien und Drogeriemärkte.

Lieber Mike, Sie können mehr!

Der übergeordnete Begriff heißt: VERTRAUEN.

Die Eltern, die so etwas mit ihren Kindern besuchen, sind bürgerlich. Entscheider sind in den Paaren überwiegend die Mütter (die Väter bringen das Geld nach Hause und kümmern sich nicht um so etwas). Die Mütter müssen Vertrauen in die Theatermacher bekommen, damit die wissen, was ihre Kleinen bewegt. Dass ihre Kleinen einen Supernachmittag haben. Diese Mütter wollen keine Experimente und nichts Zweitklassiges, denn das könnte ihrem Nachwuchs ja schaden. Genau das muss Ihre Website ausstrahlen! Jeder Satz, jedes Foto muss daraufhin überprüft werden. Erfüllt es das Thema »Vertrauen« nicht oder nur unzureichend – raus damit!
Seien Sie getröstet, Sie sind nicht der Einzige, der das falsch macht. Normalerweise nehme ich für eine solche Beratung 5.000 Euro exkl. MwSt, ich schenke Sie Ihnen.

Eiern Sie nicht so herum, gehen Sie es klarer an. Sie werden sich wundern, was dann passiert.

Wollen wir uns duzen?

Herzliche Grüße aus Hamburg
Tobias

19. 3.
15:12

Hallo??? Was tun sie da eigentlich?

Von mir aus, duzen wir uns. Also, was verdammt noch mal, was tust <u>du</u> da eigentlich??

Ich sag, du sollst die finger von meinen privaten dateien lasse, vor allem von denen, in denen es um carola geht, und trotzdem frisst du dich in meinen computer hinein!?

Und zu diesem ganzen analysequatsch von wellen, chancen, unschärfen und perspektiven: Ich verstehe nur bahnhof.

Aber eins habe ich schon kapiert: dass du mich für ein weichei hältst, weil ich bei carola bis jetzt noch nicht so viel erreicht habe. Aber das kriege ich schon noch hin, auf meine methode. Carola ist keine, die bedrängt werden will. Sie braucht ihre unabhängigkeit, ihren freiraum und keine sicherheit, das weiß ich genau. Ich habe sie mal auf einem workshop gesehen (Unsere welt ist keine ware – wege aus der konsumgesellschaft!). Da hat sie was über bürgerliche konventionen erzählt. Ich zitiere: Ich muss brechen, wenn ich die ganzen spießer in ihren reihenhäusern sehe. Familie, feste beziehungen, das sind doch alles nur von kirche und staat erfundene systeme, um das freie individuum zu knechten.

Krass, oder? Ja, carola hat schon was im köpfchen. Wenn ich der mit innerer sicherheit komme, kriege ich sofort eine gescheuert. die muss ich mit meinem intellekt umhauen oder gar nicht. Ich wollte mich jetzt mal über die revolutionären bewegungen in südamerika schlaumachen. Dann habe ich auch was zu sagen, wenn ich mit carola ins gespräch komme. Außerdem hab ich mir gerade eine karte für den filmclub hier in köln gekauft. Heute abend läuft da eine doku über unterdrückung von beschnittenen kindfrauen aus dem sudan. Eigentlich ja nicht ganz so meine party. Aber kann sein, dass carola da vielleicht auch hingeht. Ein kumpel meint, er hätte carola schon mehrmals in dem kino gesehen. Das thema müsste eigentlich genau nach ihrem geschmack sein. Vielleicht kann ich sie dann ja am ausgang ansprechen, mal schauen. Du siehst, ich mache schon was.

Aber was erzähle ich hier eigentlich die ganze zeit? Das geht dich ja gar nichts an. Sei froh, dass ich heute die frühschicht im copyladen übernommen hab und noch keine zeit hatte, auch mal in deinen computer reinzuschauen. Doch das hole ich nach, da kannst du sicher sein!

Und was meine website für die theatergruppe angeht. Die kam ganz toll an, gerade wegen der luftballons. Leider gibt's die gruppe gar nicht mehr (und kohle habe ich für die arbeit auch nicht bekommen), aber egal. Der regisseur von der truppe hat mir gesagt, dass eine freundin von seiner schwester die website super fand. Und die ist immerhin richtige grafikerin bei einer werbeagentur in der südstadt!

So, jetzt aber schluss, ich muss noch mal zu aldi. Ich habe heute einkaufsdienst in meiner wg. Aber warum erzähle ich idiot das eigentlich alles?

Ich melde mich.
Mike

PS: Kriegst du wirklich für so ein bisschen schlaues gequatsche 5.000 euro?! Unglaublich, du musst ja im geld schwimmen …

19. 3.
15:45

Hallo Mike,

es geht doch gar nicht darum, dass Du ein Spießerleben wie ich führen sollst, mit Familie und Haus. Wenn Du meinen Cashflow nicht haben willst, ist das vollkommen in Ordnung. Manchmal frage ich mich selber, was sich ändern würde, wenn ich keine Eigentumswohnung, kein Oldtimer-Cabrio, keine Bang&Olufsen-Limited-Edition-Anlage hätte.
Ich glaube, ehrlich gesagt, gar nichts.
Das sind Dinge, die ich zwar besitze, aber ganz sicher nicht brauche. Im Mittelpunkt meines Lebens steht meine Arbeit, die ich liebe, ich bin da genau an der richtigen Stelle. Die Jagd nach neuen Etats stimuliert mich wie ein Wellnessbad, das empfinde ich nicht als Stress. Konsumartikel wie Auto etc. sind eher ein Abfallprodukt davon (für die ich zudem wenig Zeit habe. Ich spiele in meiner Freizeit lieber mit meiner Tochter Fußball oder mache eine Radtour mit meiner Frau und ihr. Maybritt und ich machen fast jeden Sonntag ein Picknick irgendwo im Park, bei fast jedem Wetter).

Ich halte Dich auch nicht für ein Weichei, sondern nur für etwas ziellos.
Irgendein Ziel sollte jeder haben, auch Du.
Wenn Du die Welt ändern willst, suche Dir eine konkrete Aufgabe und arbeite daran: Dritte Welt, Niedriglohn, Umwelt – Themen gibt es genug. Aber packe wenigstens eines davon an und ziehe es durch. Und sei es für

Carola. Es geht gar nicht darum, dass Du Deine innere Sicherheit bei ihr zum Thema machst, sondern dass Du Sicherheit ausstrahlst – und sei es im Kampf gegen die Spießer wie mich.
Da bist Du übrigens in guter Gesellschaft.
In der Frühphase von Greenpeace in den 70ern verliebte sich ein Segler namens David McTaggart in eine Frau. Er wollte ihr imponieren, also segelte er mit einem Protestplakat mitten in ein Testgebiet für Atombombenversuche im Mururoa-Atoll in der Südsee. Das französische Militär bedrängte ihn wochenlang mit Kriegsschiffen und Hubschraubern und rammte ihn schließlich. David gegen Goliath. In der ganzen Welt wurde darüber berichtet. McTaggart gab später zu, dass ursprünglich vor allem die Frau dahintersteckte.

Also eine Sache solltest Du dringend überprüfen: Bist Du im Copyshop wirklich an der richtigen Stelle? Verstehe mich nicht falsch, der Job ist nicht unanständig. Aber es gibt für Menschen wie Dich tatsächlich Aufgaben mit mehr Freiheit und mehr Gestaltungsspielraum. (Mitbekommen? Das ist ein Kompliment!) Das heißt nicht, dass Du automatisch Spießer werden musst. Ich kenne z. B. einen Zahnarzt, der vier Monate im Jahr Praxisvertretungen macht und mit dem verdienten Geld den Rest des Jahres um die Welt reist. Es gibt schlimmere Schicksale, oder? – Mensch, Mike, Du hast Abitur, ein paar Semester studiert, da ist mehr drin, als die 500er-Abokarte für Kopien zu verkaufen. Du hast andere Jobs verdient als die von »Robinson & Freitag«, die Dir für deine nächtelange Schufterei nicht einmal etwas zahlen. Hast Du wenigstens die Freundin der Schwester des Regisseurs angerufen und sie gefragt, was genau sie an

Deiner Website gut fand und ob ihr euch mal treffen könnt?
Was würdest Du denn lieber machen? Copyshop oder Websites gestalten? Beantworte diese Frage mal ehrlich vor Dir selbst und ziehe die Konsequenzen.

Nimm es mir nicht übel, aber das musste ich einfach mal loswerden, es liegt so dermaßen auf der Hand.

Herzliche Grüße
Tobias

19. 3.
23:45

Irgendwie ist mir das unheimlich. Jedes mal, wenn ich den rechner anmache, springt mich eine von deinen klugscheißer-mails an und will mich zu einem besseren menschen bekehren …

Ich bin mit meinem leben so zufrieden, wie es ist. Schön, ich laufe nicht ständig mit dauerlatte herum, weil mich irgendwelche neuen »etats« stimulieren. Aber ich komme zurecht.

Und was meinen job im copyladen angeht: Woher willst du wissen, dass ich das mein ganzes leben lang machen möchte? Möchte ich nämlich nicht. Aber im moment läuft es da eben ganz gut. Ich habe coole kollegen, ausreichend kohle und genug zeit, um mich auf wichtigere dinge zu konzentrieren.

Zum beispiel dieser workshop in berlin. Da musste ich schon donnerstag hin. Lange planen konnte ich nicht, ich habe nämlich erst am mittwoch erfahren, dass carola auch da ist. Aber ein wort zu meinem chef, und alles war geregelt. Ganz easy. Machst du eben mal einen samstag durch dafür, hat er gesagt und hat mich fahren lassen. Sowieso hält der viel von mir. Vielleicht macht er bald noch eine filiale auf. Die soll ich dann vielleicht übernehmen, hat er gesagt. Du siehst, alles läuft wunderbar bei mir. Und wenn ich mal keinen bock mehr auf den job habe, mache ich eben was anderes. Vielleicht studiere ich auch mal wieder.

Und das mit carola wird auch klappen, früher oder später. Leider habe ich heute erfahren, dass sie wohl einen neuen freund hat. Aber das kann eigentlich nichts richtiges sein. Ein kumpel von mir (der selber ganz wild auf sie ist) hat mir erzählt, dass er gesehen hat, wie sie sich von so einem tätowierten motorradfahrer mit harley und lederkutte an den hintern hat fassen lassen. Mein kumpel meinte, sie hätte gelacht, aber das kann ich mir gar nicht vorstellen. Carola hasst nichts so sehr wie machoallüren, das hat sie mal in einem germanistik-seminar gesagt, wo ich zufällig auch war. Und lange beziehungen will sie sowieso nicht. Ich brauche mir also überhaupt keine sorgen machen.

Aber reden wir nicht immer nur über mich. Ich habe immer noch keine zeit gehabt, um mal in deinen computer zu gucken. Aber offensichtlich scheinst du ja ganz gut zu verdienen und kennst lauter leute, die auch geld wie heu haben (der zahnarzt). Doch wenn du denkst, ich bin neidisch, täuschst du dich. Jeder jeck ist anders, so sagt man hier in köln. Mir doch egal, ob du millionär bist oder nicht, da bin ich ganz tolerant. So viel zu meiner inneren sicherheit.

Wo wir gerade über geld reden: Leider ist mein copyladen-chef gerade ein bisschen klamm. Er würde uns ja gerne unseren lohn zahlen, gerne sogar noch mehr, hat er gesagt. Aber leider hat er wegen einiger probleme mit seiner geschiedenen frau im moment keine kohle. Ist alles ein bisschen dumm. Ich wollte nämlich mit ein paar freunden übers wochenende nach amsterdam. Dann muss ich auch noch meinen teil von der wg-miete für die letzten drei monate zahlen. Na ja, dann habe ich noch

überlegt, ob ich nicht einen motorradführerschein machen sollte …
Was ich sagen will: Kannst du mir nicht vielleicht einen kleinen, sagen wir kredit schicken? Immerhin bist du doch so sicher, dass ich noch groß karriere machen werde! Sieh es als startkapital! Natürlich kriegst du dann deinen rechner sofort zurück. Und ich guck auch nicht mehr rein, versprochen. 5 000 euro, das sollte eigentlich reichen: Ist für dich doch nur taschengeld, oder?

So, jetzt muss ich aber schluss machen. Habe noch haufenweise zu tun, muss für einen mitbewohner eine festplatte reparieren und dann im internet noch ein paar sachen checken (facebook, studiVZ so was).

Bis bald
Mike

20. 3.
8:03

Okay, Mike,

ich habe es auf die Nette versucht. Deine Forderung von 5.000 Euro ist die Antwort darauf. Ich werde jetzt Strafanzeige erstatten, um meinen Rechner wieder zu bekommen. Deine Mails werde ich heute Mittag meinem Anwalt Dr. Grundmann übergeben.

Mit frdl. Grüßen
Tobias Fürstenberg

20. 3.
11:05

Hallo tobias,

jetzt aber mal ganz ruhig. Strafanzeige? Rechtsanwalt?! Ich glaub, ich spinne. Ich habe deine mail gerade einem mitbewohner gezeigt. Der hat drei semester jura studiert und ist genau wie ich der meinung, dass ich gar keine angst haben muss.

Wer hat denn zuerst den kontakt gesucht, um die rechner zurückzutauschen? Ich! Und wer hat sofort angefangen, in den fremden dateien herumzustöbern und bis heute – trotz aufforderung – nicht damit aufgehört? Du! Wer hat bis heute – bis auf einen kurzen blick auf deine harmlosen fotos – die finger von deinen geheimen dateien gelassen? Ich!

Und was meine »forderung« angeht: Du hast doch so auf kumpel gemacht, mit duzen und lebenshilfe und so. Ist es da so vermessen, wenn ich als armer student einen besser, ja super verdienenden freund um einen kleinen kredit bitte? Denn nur genau danach habe ich gefragt.

Also, welle flach. Wir wollen doch beide keinen ärger, oder?

Gruß
Mike

20. 3.
11:30

Sehr geehrter Mike,

mit Verlaub: Du bist offensichtlich nur von Dilettanten umgeben: Dein Arbeitgeber zahlt Dir keinen Lohn, die Theatergruppe, für die Du die Website gestaltet hast, gibt es nicht mehr, die Frau Deines Herzens hat jemand anderen.
Und Dein juristischer Berater hat 3 Semester Jura studiert?
Dann sollte er das schon wissen: Du kannst keinen Besitz an gestohlenen (oder vertauschten) Gegenständen erwerben. Das Einbehalten meines Rechners ist eine Straftat.
Und die werde ich anzeigen, noch heute!
(Zivilrechtlich können wir uns gerne vor Gericht wegen der geöffneten Dateien treffen. Dazu ist übrigens eine Vorauskasse nötig, die vor Gericht hinterlegt werden muss, auch von armen Leuten, da gibt es keine Ausnahme.)

Ich gebe Dir bis 16:00 Uhr Zeit.

Tobias

20. 3.
17:15

Hi,

was für ein mieser tag! Ich bin völlig am ende. Ich könnte kotzen. Was für ein kack-leben!

Ich war heute mal wieder in der mittagspause in der mensa. Ich bin ja noch immer an der uni gemeldet und gehe manchmal dort essen, weil es schön billig ist. Und wen sehe ich da? Carola und ihren neuen rockerfreund! Und was soll ich sagen: Der kerl ist der letzte arsch, ein voll-asi!! Obwohl er carola in seinen behaarten gorilla-armen hatte, hat er trotzdem jeder blonden studentin hinterhergegafft. Sogar angequatscht hat er welche! Mit den letzten prolosprüchen!
Und carola? Die hat darüber nur gelacht und sich nur noch enger an seine versiffte kutte gedrückt. Die ist dem schweinekerl total hörig! Jedes bescheuerte machowort hat sie ihm von seinen wulstigen lippen abgelesen. Und als sie uns von ihrer neuen dritte-welt-ag erzählt hat, hatte sie die ganze Zeit ihre hand auf dem knie von dem gehabt. Es war ihr überhaupt nicht peinlich! Es ist nicht zu fassen. Was hat dieser scheißkerl nur aus carola gemacht? Wie hat er ihren starken willen gebrochen? Du hast doch die fotos von ihr gesehen! Sieht so eine rockerhure aus? Was ist da nur passiert?
Ich habe versucht, das gespräch auf eine andere, eine höhere ebene zu bringen, und carola gefragt, warum sie nicht zu dem film im filmclub gekommen ist. Du weißt schon, der über die kindfrauen im sudan. Darauf hat ihr

monster mich nur angeglotzt und gefragt, ob ich schwul bin. Selbst darüber hat carola nur geschmunzelt!

Was mache ich nur? Vielleicht hätte ich auf dich hören sollen. Ihr meine innere sicherheit zeigen, um sie kämpfen sollen! Aber jetzt ist es zu spät. Die frau, die ich liebe, steht auf der anderen seite eines grabens, und ich komme nicht mehr an sie ran. Es ist zum kotzen.

Du willst mich anzeigen? Mach, was du willst. Deinen rechner kannst du wiederhaben. Aber jetzt gehe ich erst mal weg und besaufe mich – mit arne, meinem kumpel, der sich auch für carola interessiert hat. Er ist auch völlig am ende, natürlich.

Grüße aus der hölle
Mike

20. 3.
17:25

Okay, Mike,

shit happens. Ich will nicht als Unmensch wirken. Deshalb habe ich Dr. Grundmann in letzter Minute zurückgepfiffen. Meinen Rechner brauche ich trotzdem dringend wieder. Da sind Dateien drauf, mit denen du nichts anfangen kannst, die aber für mich wichtig sind. Also, bitte, bringe ihn morgen zur Post.

Du musst zugeben, dass ich mit Carola recht hatte: So etwas wie Beschneidungszeremonien in der Dritten Welt (Pardon, der »sogenannten« Dritten Welt) nimmt sie nur für einige Stunden ernst, in denen sind sie das wichtigste Problem der Welt für sie.
Bis ein Vollmacker auftaucht und auf dicke Lippe macht: Dann ist das plötzlich »schwul«? Hallo?
Ich bin ja sonst gegen Political Correctness (und stattdessen für Ehrlichkeit), aber ich würde nie etwas als »schwul« bezeichnen, das ist widerlich. Ich habe schwule Mitarbeiter und Freunde, die ich sehr schätze. Wie kann man sie wegen ihrer sexuellen Orientierung herabwürdigen?
Und mit der Frau willst du zusammen sein?
Okay, Deine Gefühle sind da.
Dann werde zum Rocker und zeige ihr, wo der Hammer hängt. Lache sie aus und sei gleichzeitig leidenschaftlich. Sei der Bestimmer, egal, was sie sagt. Und überrasche sie kurze Zeit später damit, dass Du ihre Wünsche erfüllst (nicht ohne darüber zu lästern).

Vor allem aber sei nicht offen, sondern verschließe Dich. Frauen wie Carola stehen auf Geheimnisse, die wollen eine Aufgabe bei Männern.
Nur zu, Mike, wenn Du diese Nummer draufhast, ziehe sie durch! Zeige, dass Du noch zwei Nummern härter bist als diese Rockerschlampe von Kerl.

Aber wenn nicht, lass es.
Ich habe mich mal durch Carolas Umfeld gegoogelt. Ihr Vater ist Staatsanwalt in Düsseldorf, wusstest Du das? Seine Tochter ist auf Alphatypen programmiert. Wenn sie die heimlich aufgenommenen Fotos auf Deinem Rechner sieht, hast Du ein ernstes Problem. Und damit meine ich nicht das Strafverfahren gegen dich, das ist dann sicher. Schlimmer für Dich ist wohl: Carola wird in diesem Leben nicht mit dir zusammenkommen. Das verzeiht sie Dir nie.

Also: Ich erwarte meinen Rechner übermorgen mit der Post.
Sollte er nicht in Hamburg eingetroffen sein, werden zwei Dinge passieren: Ich informiere Carola und ihren Vater, Staatsanwalt Dr. jur. Murrmann, und werde eine Strafanzeige wegen Diebstahls gegen Dich stellen. Der heutige Tag, an dem Du Carola mit ihrem Lover gesehen hast, wird Dir dann vorkommen wie das verlorene Paradies.

Herzliche Grüße
Tobias

21. 3.
16:02

Maaann, habe ich einen schädel. Keine ahnung, wie lange wir letzte nacht unterwegs waren. Ich kann mich überhaupt nicht erinnern, wie ich wieder nach hause gekommen bin. Arne und ich, wir waren im hotel lux, das ist so eine auf russisch gemachte kneipe hier um die ecke. Die haben hunderte verschiedene wodkasorten. Ich selbst hatte am ende totalausfall, aber arne meint, wir haben uns durch das ganze programm gearbeitet …

Ich weiß nur noch, dass arne und ich gestern abend auf einmal ganz klar gesehen haben, was mit carola los ist. Sie ist ein opfer! Vielleicht ahnt sie's schon, vielleicht aber auch nicht. Du hast es ja selbst erkannt: Sie hat durch ihren vater (klar wusste ich, dass der staatsanwalt ist) einen vererbten defekt. Sie fällt auf machotypen rein und kann nichts dagegen machen. Sie rennt in ihr unglück, ohne es zu merken!

Ich weiß schon, du hast, was carola angeht, nicht so viel geduld, aber glaub mir, sie ist nicht wirklich so gemein, sie ist nur so geworden, durch ihren vater, durch ihre falschen freunde. Jedenfalls wird sie dieser scheißrocker in den abgrund ziehen, wenn wir ihr nicht helfen. Wir wissen nur noch nicht, wie.

Wie auch immer! Als ich heute immer noch total besoffen aufgewacht bin, bin ich natürlich sofort aufgesprungen, trotz meiner weichen knie. Ich wollte deinen rechner zur post bringen, ist ja klar. Aber dann habe ich gemerkt, dass heute samstag ist und die post schon längst geschlossen ist. Ich idiot! Shit happens, tut mir leid, natürlich gehe ich montagmorgen gleich noch mal hin, versprochen. (Was ist eigentlich mit meiner kiste? Kriege ich die auch mal zurück?)

Aber was anderes … Nachdem du meinen rechner jetzt offensichtlich bis in die letzte videodatei kennst, habe ich vorhin auch noch mal einen kurzen blick in dein prachtstück geworfen. Ist ja wirklich unglaublich, wie schnell der ist, ein richtiger sportwagen, dagegen ist meiner ja nur ein altersschwacher trecker!

Was ich eigentlich sagen will: Ich habe da einen ordner gefunden, der hieß bewerbungen. Ich habe mal einen kurzen blick riskiert, nur um vielleicht was zu lernen. Schließlich hast du ja gesagt, ich soll mich mal neu orientieren. Doch dann finde ich da haufenweise bewerbungen an alle möglichen pr- und was weiß ich für agenturen – und alle sind von dir! Und ganz aktuell!

Also, wenn ich richtig kapier – und manchmal bin ich ja ein bisschen schwer von begriff –, dann hast du im moment ja gar keinen job. Und zwar schon seit mindestens einem jahr nicht mehr!

He, kein problem für mich. Ich habe viele kumpels, die keine arbeit haben und von hartz IV leben. Ich dachte nur, du hättest kohle ohne ende. Aber wenn ich die zahlen in deinem kontoordner lese, sieht es bei dir ja ganz düster aus.

Und da komme ich arsch mit meiner 5.000-euro-kredit-idee. Kein wunder, dass du da so ausgerastet bist.

Lass bitte den kopf nicht hängen. Es kommen auch mal wieder bessere zeiten. Arne war lange zeit auch ganz down, weil er völlig blank war. Aber jetzt hat er doch wieder einen guten job gefunden, bei der stadt, als aushilfe beim gartenamt oder wie das heißt. Gut, so viel geld gibt es da jetzt nicht, doch er kommt zurecht.

Also, nur mut und bis bald
Mike

22. 3.
9:00

Guten Morgen, Mike,

meine Frau und meine Kinder waren gestern Abend bei den Schwiegereltern, da habe ich mir den Kamin angemacht und eine uralte CD aufgelegt, die Du mit Sicherheit hassen wirst: »The best of Elton John.« Richtig schöner Mainstream-Pop ohne Ecken und Kanten für alte Säcke (40) wie mich. Sofort waren wieder die Bilder der Diskobucht da.
Elton John und Diskobucht?
Nein, das ist kein Beach-Rave aus den Neunzigern.
Die Diskobucht liegt auf Grönland, hier »kalbt« ein großer Gletscher, riesige Eisberge in allen Formen ziehen langsam an einem vorbei Richtung offenes Meer. Ich habe dort einen ganzen Tag mit Maybritt in der Sonne gesessen und nur geschaut. Teilweise erinnerten die Eisberge an abstrakte Skulpturen, teilweise an Häuser oder Kathedralen. Was natürlich Quatsch ist, denn sie gehören sich selbst.
Wir saßen einfach nur da, haben Elton John gehört und den Eisbergen zugeschaut. Keiner von uns hat viel geredet, Maybritt und ich waren uns ganz nah, ohne dass jemand von uns es aussprechen musste.
Diese Eisberge sind viel größer als Du und ich und unsere gesamte, erbärmliche Existenz.
Ich war sehr glücklich dort, irgendwie hat es mich getröstet, zusammen mit Maybritt Teil dieses riesigen Ganzen zu sein.
Ich habe das nie vergessen. Es ist wie ein Mahnmal in

der hektischen Geschäftigkeit. Zumal, wenn man in einer derartig oberflächlichen Branche arbeitet wie ich.

Dreh mal das Fernglas um und sieh Carola aus der Ferne.
Wie wirkt sie dann auf Dich?

Gruß
Tobias

PS: Wegen deiner Vermutung, ich sei arbeitslos, habe ich sehr gelacht (obwohl ich gerne etwas »arbeitsloser« wäre!). Tatsächlich könnte man das denken, wenn man die Bewerbungen und die Ablehnungen der Firmen liest. Übersehen hast du aber den Ordner: »Seminar Bewerbungstraining«. Ein Freund von mir arbeitet bei der ARGE, und ich konnte ihm den Wunsch nicht abschlagen, ein derartiges Seminar anzubieten. Obwohl das Honorar für den ganzen Tag meinem Stundensatz entsprach. Manchmal muss man so etwas für andere tun, Geld ist nicht alles. Das findest Du doch auch, oder?

22. 3.
17:08

Ja, hallo tobias,

eigentlich ist es ja wirklich nett. Ich habe viele kumpels, mit denen ich im netz im kontakt bin, über facebook zum beispiel. Kein tag vergeht, in dem ich nicht mal kurz nachschaue, was die alten hänger so machen, einer ist jetzt sogar in london! Dann habe ich noch zwei, drei foren, in denen ich regelmäßig poste. Da antworten auch immer die gleichen figuren, irgendwie ist das richtig gemütlich.

Na, und jetzt gibt es da auch noch diesen burschen in hamburg. Jedes mal, wenn ich den rechner anmache, ist da eine neue mail von ihm. Super!

Du hörst elton john? Kann ich gar nicht viel zu sagen. Ich weiß nur, dass er schwul ist und für old lady di ein lied geschrieben hat. Ansonsten kenne ich nur ein paar songs, und du hast schon recht, so ganz meine party ist das nicht.

Aber was du da mit den kalbenden eisbergen erzählst, das kann ich gut nachvollziehen. Natürlich war ich noch nie in grönland, aber natur und so, das ist schon klasse.

Ich erinnere mich an so einen campingurlaub auf juist, an der nordsee. Wir waren da zu viert, arne, ein gärtner-kumpel von ihm, ich und eine studentin, die ich mal in einem soziologieseminar kennengelernt hatte. Sie hieß

pia und war ein bisschen still, genau genommen wirkte sie ziemlich depressiv. Trotzdem sind arne und sein kumpel wie die gockel um sie herumgesprungen, gab da ja keine andere frau (war mitten im herbst). Natürlich total albern.
Jedenfalls haben die beiden sich total lächerlich gemacht. Pia hat das richtig rausgerissen aus ihrer depriphase und hat mit denen ständig rumgeschäkert. Nur mit mir nicht. Mit mir wollte sie bloß reden. Stundenlang haben wir gequatscht, laber, laber, laber, über jeden scheiß, studium, ihren ex, carola, ob die amis selbst schuld an 9/11 sind, das übliche eben. Schließlich, nach vier stunden und drei flaschen rotwein hat sie mir ein küsschen auf die wange gedrückt und ist zu arnes arschlochkumpel in den schlafsack gekrochen.

Na ja, jedenfalls bin ich an dem abend noch an den strand gewankt (der wein!!) und habe mir die glitzernden sterne und das meer angeschaut, genau so wie du deine eisberge. Stundenlang habe ich da gesessen, mitten in der natur. Das sanfte rauschen der brandung, die möwen – super! Musik hatte ich auch dabei. Ein kumpel aus dem copyshop hatte mir ein mp3-mix mit krautrock zusammengestellt. Ein bisschen strange, ich weiß (und mindestens genauso verstaubt wie elton john). Passte in der nacht aber irgendwie ganz gut!

Und du hast recht: so eins mit der natur, da sieht man vieles klarer. Auf einmal war alles nicht so wichtig, pia, mein copyjob in köln, mein studium, alles. Ich kam mir vor wie buddha. Ich habe die augen geschlossen und mir vorgestellt, wie es wäre, wenn mein geist meinen körper verlassen könnte. Und weißt du was? Ich glaube, ein bisschen hat es geklappt! Auf jeden fall konnte ich mich für einen moment von oben sehen, wie ich da im schneidersitz im sand gehockt habe. Dann bin ich wie ein düsenjet nach köln gerast und habe gesehen, wie carola sich mit einer freundin in ihrer wohnung unterhalten hat. Ich weiß, jetzt hältst du mich für crazy, aber ich schwöre, ich stand neben ihr am sofa und habe auf ihren kopf geguckt! Ich habe versucht, sie anzusprechen, doch sie hat mich nicht bemerkt, natürlich nicht.

Später habe ich sie mal darauf angesprochen, ganz diskret natürlich, bin ja nicht bekloppt. Sie hat behauptet, sie wäre an dem tag auf einem attac-workshop in siegen gewesen, aber ich glaube, da hat sie bestimmt geflunkert.

Apropos: Deinen spruch mit carola und dem fernglas habe ich nicht ganz kapiert. Du kannst mir glauben, ich habe sie mir schon oft im fernglas angeschaut. Und wie rum ich es auch gehalten habe, sie sah immer klasse aus.

So, jetzt muss ich aber langsam schluss machen. Kölle spielt gegen gladbach, das gucke ich mir mit ein paar kumpels in der kneipe an.

Ach ja, eins noch: Ich habe mir deinen bewerbungsordner noch mal angeschaut. Wie schön, dass du darüber lachen kannst, aber ich finde, das sieht alles sehr echt aus. Von arge habe ich nichts gefunden, und ich habe wirklich gesucht. Hast du wirklich keine schwierigkeiten? Schön, so gut kennen wir uns ja nicht, aber du würdest mir doch sagen, wenn du im moment keinen job hast, oder? Muss dir auch überhaupt nicht peinlich sein, wirklich nicht. Ich wäre wirklich der letzte, der darüber lachen würde.

Also dann, viele grüße aus kölle
Mike

23. 3.
8:04

Also, lieber Mike,

ich sage Dir mal klipp und klar, wie ich Carola in, sagen wir, zehn Jahren sehe.
1. Sie wohnt in einem Eigenheim, vielleicht einer Wohnung – falls sie Kinder hat, etwas außerhalb in einem Haus. Beides muss nicht mal energiesparend sein.
2. Sie ist verheiratet mit einem gutverdienenden Mann, den sie kirchlich geheiratet hat.
3. Deswegen hat sie nach eigenem Bekunden nicht ihre Überzeugungen aufgegeben, sie kauft im Biosupermarkt und ernährt sich überwiegend vegetarisch.
4. Außerdem arbeitet sie noch stundenweise in einem Szeneladen.

Sollte einer dieser Punkte nicht zutreffen, zahle ich Dir in zehn Jahren 5.000 Euro auf Dein Konto. Das meine ich ernst.
Vor allem will ich Dich aber davor bewahren, Dich zu verrennen und Dein großes Talent zu verschleudern. Du hast eine starke Kraft in Dir, wenn du sogar Deinen Körper verlassen kannst (ich glaube absolut daran!), das kann wahrlich nicht jeder.
Mir ist das auch einmal während einer Meditationssitzung gelungen. Zugegeben, es war meine einzige, ich war nur dort, weil ich hinter einer Frau her war, die dort hinwollte.

Ich habe nicht dran geglaubt, es aber trotzdem ernsthaft probiert.
Und es hat funktioniert!
Mein Geist wanderte in einen Nebenraum, ich kann das gar nicht richtig beschreiben, ein Wunder. Ich habe es danach nie wieder gemacht, weil ich nicht wusste, was es mir nützen sollte, aber es war eine irre Grenzerfahrung.
Du kannst viel mehr als Copyladen.
Mach was aus Dir, follow your dreams, setze deine volle Energie ein.
Du bist ein Künstler, wenn Du Dich nicht verlierst, wirst Du andere mitreißen können!

Herzliche Grüße aus dem Norden
Tobias

PS: Was ist nun mit meinem Rechner?
Gib mir doch mal deine Kontonummer, dann überweise ich Dir das Porto.

PPS: Anbei, zu Deiner Beruhigung, noch der Brief meines Freundes von der ARGE, der nicht auf meiner Festplatte, sondern auf meinem USB-Stick ist:

CC Tobias Fürstenberg

22. 2., ein Jahr zuvor
10:09 Uhr

ARGE Hamburg
Gänsemarkt 7
22445 Hamburg

Lieber Tobias,

herzlichen Glückwunsch zum Preis für die beste Medienpräsentation. Wo Du auftauchst, wird alles zu Gold. Ich hingegen hocke bei meinen Langzeitarbeitslosen, die alle sowieso nie in den ersten Arbeitsmarkt zurückfinden. Vielleicht können Dein Wissen und Deine Energie etwas daran ändern.
Ein Bewerbungstraining von einem Medienprofi wie Dir, das wäre ein Knaller für die Leute. Zugegeben auch PR-mäßig für die ARGE, aber das stört Dich hoffentlich nicht.
Wir können Dir nur 1.000 Euro am Tag zahlen, ich weiß, das ist weit entfernt von Deinem üblichen Tagessatz, es ist eine reine Goodwillaktion!
Wie wäre es?

Herzliche Grüße
Dein alter Schulkumpel
Raini

Dr. Rainer Beucker
Erdkampsweg 74
22335 Hamburg

22. 2., ein Jahr zuvor
10:32

Lieber Rainer, altes Haus,

ich bin dabei, das mache ich gerne! Wir müssen nur einen Termin auskaspern. In den nächsten zwei Monaten bin ich vollkommen dicht. Aber danach können wir gerne schauen.
Geld brauche ich nicht, ich hätte nur gerne eine Spendenquittung über 1.000.- Euro.

Good old
Tobi

(zzt. London Heathrow im Fluglotsenstreik)

23. 3.
22:04 Uhr

Hallo, tobias,

du wirst nicht glauben, was heute passiert ist. Ich stehe schön früh auf, um neun, um dann gleich deinen rechner zur post zu bringen. Ich gehe also mit dem paket so durch die stadt, da seh ich, wie so zwei typen mit rasierten schädeln eine junge mutter mit ihren zwei kleinen kindern anmachen. Plötzlich scheuern die ihr eine und wollen ihr die tasche aus der hand reißen. Die frau schreit, die pänz weinen. Ich natürlich sofort dazwischen. So geht's ja nicht.
Aber nun bin ich nicht unbedingt der profischläger. Ganz im gegenteil. Die mistkerle versetzen mir sofort einen tiefschlag und wollen jetzt auch noch mein paket, mit deinem rechner! Doch niemals werde ich das zulassen! Ich werfe mich auf das paket, schütze es mit meinem eigenen körper. Trotzdem geben die beiden scheißkerle nicht auf, treten mich, in den bauch, gegen den kopf. Ich denke schon, mein letztes stündchen hat geschlagen, da hör ich plötzlich einen polizeiwagen. Die bullen kommen – ein glück! Die beiden kerle hauen sofort ab, wer weiß, was sonst aus mir und deinem rechner geworden wäre. Leider ist das paket erst mal hin, zur post kann ich jetzt erst mal nicht. Aber der mutter und ihren zwei süßen kindern geht es gut.

Das wäre eine gute ausrede gewesen, was? Ist aber alles geflunkert … Keine ahnung, warum ich so einen blödsinn schreibe. Vielleicht, weil ich so ein schlechtes gewissen habe, dass ich dir deinen rechner heute immer noch nicht zurückgeschickt habe. Ich hätte dich ja anlügen können, aber wir sind doch jetzt schon so was wie freunde, da will ich lieber ehrlich sein. So eine geschichte hättest du mir auch sowieso nicht geglaubt, oder?

Die wahrheit ist nicht so spektakulär. Ich habe gestern abend noch eine pizza gegessen, frutti di mare. Leider waren die fruttis wohl schon ein bisschen schlecht. Liegt vielleicht daran, dass unser tiefkühlfach kaputt ist und nicht mehr richtig kalt wird.
Jedenfalls habe ich die ganze nacht nur gekotzt. (Die galle ist mir hochgekommen! So ein grünes, wässriges zeug, hast du das schon mal gehabt?) Heute lag ich nur wie tot auf dem bett. Kotzen musste ich auch noch, dabei war gar nichts mehr drin, richtig weh getan hat das. Durchfall hatte ich auch noch, immer wieder, mann, ich sag dir, bei mir ist unten rum alles wund.

Zur post konnte ich heute also nicht, no way. Weil ich ja kapiert habe, dass du deine kiste unbedingt wiederhaben willst, habe ich arne gefragt, ob er das ding kurz zur post bringen kann.
Doch was soll ich sagen? Gerade hat er mich angerufen, er hat's nicht getan. Stattdessen hat er selbst mal einen blick in deinen computer geworfen. Ich weiß, das willst du nicht hören. Aber habe ich schon erzählt, dass arne früher mal ein paar semester informatik studiert hat? Hätte ich mir eigentlich denken können, dass er nicht widerstehen kann und sich so einen super-duper-high-techrenner wie deinen laptop auch mal anschauen wollte.

Keine sorge! Arne ist okay, der macht nichts kaputt. Ich habe ihm ein bisschen von unserer korrespondenz erzählt. Er findet total super, was du so machst, jetzt nicht nur wegen des computers. Diese arge-bewerbungssache hat ihn natürlich sofort interessiert, er will schließlich auch nicht immer gärtner bleiben. Jedenfalls, arne hat ein bisschen auf deiner festplatte herumgestöbert, natürlich war er auch beeindruckt von dem autobild und deiner exfreundin, dieser brünetten, die fand arne total scharf. Kannst du ihm nicht ihre adresse geben?

Find ich ja verrückt, dass dein geist auch schon mal deinen körper verlassen hat. Vielleicht sollten wir uns mal absprechen, dann könnten wir uns auf halber strecke zwischen HH und kölle auf ein bierchen verabreden, in osnabrück wäre das dann wohl.

So, jetzt werde ich erst mal versuchen, irgendwo in dieser wohnung ein paar kohletabletten aufzutreiben.

Bis bald
Mike

24. 3.
8:03 Uhr

Hallo, Mike,

dass Du meinen Rechner weitergegeben hast, ist eine Riesensauerei!
Und ganz ehrlich, so schlecht kann es Dir ja nicht gehen, wenn Du noch so lange Mails schreiben kannst.
Ich will Dir ganz ehrlich sagen, was ich denke: Es war ein Fehler, mit Dir zu kommunizieren. Ich hätte zum Anwalt gehen sollen, wie mir mein Instinkt geraten hat.
Ich will nur noch meinen Rechner.

Tobias Fürstenberg

24. 3.
10:23 Uhr

Hallo, tobias,

alles klar, ich habe kapiert.

Mir geht's schon wieder besser. Die kohletabletten haben gewirkt, alle »schotten dicht«, wie ihr in hamburg wohl sagen würdet.

Gerade war ich bei arne und hab ihm deinen rechner unter den fingern weggezogen. Hab ihn gerade weggeschickt (deinen laptop, nicht arne), morgen müsstest du dein baby wieder in den händen halten.

Was ist jetzt mit meinem rechner? Wiedersehen macht freude!

Tja, ansonsten nichts für ungut. Danke für deine vielen tipps. Ich hoffe sehr, du kriegst deine ehe- und jobprobleme wieder geregelt.

Noch ein schönes leben und viele grüße aus köln

Mike

PS: Viele grüße auch von arne. Hab natürlich mit ihm geschimpft. Er war total zerknirscht. Als kleine entschuldigung hat er dir ein neues safety-tool auf deinen rechner gespielt. Damit deine dateien in zukunft wirklich sicher sind.

24. 3.
10:54

Tja, Mike,

hier endet nun unsere kleine Reise, unsere Zugfahrt dauerte viel länger als geplant. Aber unsere Reisebekanntschaft im Netz hatte was. Man sitzt virtuell beisammen und quatscht über Gott, Carola und die Nordsee. Für einen Moment in andere Welten zu schauen hat etwas Inspirierendes.
Ich habe Deinen Laptop von UPS abholen lassen, der ist morgen früh bei Dir.

Alles Gute wünscht Dir
Tobias

25. 3.
18:12

Hallo, Mike?

Wo bleibt mein Rechner? Ich musste extra in einen Internetshop, weil ich zu Hause keinen Rechner habe! Ich brauche den Laptop!

26. 3.
14:34

Du hast Deinen Laptop wieder!!!!!!
Wo ist meiner??????????

27. 3.
12:09

Verarschung oder was? Der Laptop ist immer noch nicht da!!!

28. 3.
14:12

Verehrter Mike,

da ich sowieso in Düsseldorf zu tun hatte, habe ich einen kleinen Abstecher nach Köln gemacht. Genauer gesagt, in den Hermeskeiler Weg 45b, den kleinen ehemaligen Laden mit dem verblichenen Ladenschild »Feinkost Büttgen«. Du hast Dir den ehemaligen Laden als Wohnraum ausgebaut und lebst hinter der Jalousie, haben mir die Nachbarn gesagt (Herr und Frau Neumann sowie Dietlind, die Sportstudentin mit den roten Haaren). Durch einen Spalt habe ich gesehen, dass der erste Roman von Stuckrad-Barre auf Deinem Schreibtisch liegt. Über dem Titel ist rechts oben ein Kaffeefleck (ziemlich abgestanden inzwischen, diese Popliteratur, das Buch war damals schon aufgetunte Scheiße).
Du siehst also, ich bluffe nicht.
Was ich irre fand, war das Mobile aus Silberdraht, das von deiner Decke hängt, nicht schlecht, diese kunstvoll verbogenen Löffel und Gabeln mit den bunten Steinen darauf, sehr originell! Aber es ist beängstigend aufgeräumt in Deinem Zimmer, das hätte ich nie erwartet (pfui, Vorurteile, Tobias).

Diese Mail wurde übrigens vom Internetshop bei Dir um die Ecke verschickt. Grüße von Gerald, mit dem Du ja öfter einen Latte trinkst.

Tatsache ist: Ich bin noch etwas länger in Köln und werde es weiter probieren.
Falls Du nicht auftauchst, hole ich mir einen Gerichtstitel und pfände meinen Rechner per Russen-Inkasso!

Tobias Fürstenberg

28. 3.
16:35

Hallo mein lieber,

jetzt machst du mir aber schon ein bisschen angst … hockst du jetzt etwa die ganze zeit vor meiner wohnung und guckst durch die scheibe?
Ich muss dich enttäuschen, ich bin im moment gar nicht zu hause. Und wenn es so ist, wie du sagst, sollte ich vorläufig lieber auch nicht kommen …

Ja, die ganze sache ist mir furchtbar peinlich. Folgendes ist passiert: Ich war zwei tage bei einem kumpel in der eifel. Eigentlich zum wandern, aber weil es nur geregnet hat, sind wir die ganze zeit in der hütte geblieben und haben gepokert (ich habe 50 euro gewonnen!!).

Als ich dann zurückkam, nach köln, lagen da zwei nachrichten im briefkasten, von der post und von ups. Mein rechner war wieder da – vielen dank dafür!!

Aber leider ist deiner auch wieder zurückgekommen … falsche adresse.
My fault. Du hattest mir deine adresse ja gemailt, aber irgendwie muss ich sie mit der von einem anderen kumpel in hamburg durcheinandergebracht haben.
Der wohnt irgendwo in billstedt. Ist das nicht auch ganz bei dir in der nähe?

Wie auch immer, dein computer ist wieder zurück, und ich will natürlich sofort zur post. Da ruft mich arne an und sagt, was für ein glück, der super-compi ist wieder in kölle, sofort her damit! Stell dir vor, dieses safety-tool war eine üble virenschleuder. Arne hat das verfluchte programm auch auf seinem eigenen rechner und leider erst jetzt gemerkt, dass es da probleme gibt. Ehrensache, dass er deinen laptop erst wieder säubern wollte, bevor du ihn wiederbekommst, ist doch klar!

Hat alles ein bisschen gedauert. Arne musste deine festplatte komplett neu konfigurieren, doch jetzt ist alles wieder gut. Und was soll ich sagen, seit einer stunde ist dein schmuckstück auf dem weg nach hamburg, super, oder?

Du siehst, du kannst dich auf mich verlassen, auch wenn es manchmal etwas länger dauert.

Also welle flach, wie ihr in hamburg sagt. Alles wieder gut, du kannst ganz beruhigt wieder nach hause fahren. Aber ich hoffe, du probierst vorher noch unser leckeres kölsch.

Liebe grüße (aus dem exil)
Mike

PS: Übrigens war das gar nicht mein zimmer, was du gesehen hast, sondern das von dietlind. Das mobile stammt allerdings tatsächlich von mir, ich bastele ganz gerne mit silber und habe es ihr letztes weihnachten geschenkt. Bei mir hängt noch ein viel wahnsinnigeres mit stilisierten walfischen, das möchte ich irgendwann mal carola schenken (das motiv wiederholt sich in einem passenden ring dazu).

PPS: Grüß gerald, die alte socke, mal von mir. Ich habe seine 20 euro nicht vergessen. Ich gebe sie ihm das nächste mal, wenn ich wieder vorbeikomme.

29. 3.
4:30 Uhr

Hallo, Mike,

keine Angst vor dem Stalker, ich bin schon wieder in Hamburg.
Habe etwas Komisches gemacht: Als ich gegen Mitternacht mit dem Zug aus Köln ankam, merkte ich, dass ich hellwach war und nicht einschlafen würde. Ich habe mich einfach mal wie diese seltsamen, fertigen Männer mit einem Bier in der Hand auf den Bahnhofsvorplatz gestellt. Wollte mal sehen, was so passiert. Besoffene, Penner, Strichjungen, Strichmädchen, Bundespolizei mit Hunden. Die dunkle Seite der Stadt, die ich nur aus Filmen kenne. Brutal, schonungslos, auf das reine Überleben konzentriert. Keine Schnörkel drum herum, keine Poesie. Die sonst für mich unsichtbar ist.
Irgendwie habe ich das genossen, muss ich zugeben. So ganz alleine an meiner Säule dort.
Keine Kunstwelt aus Zahlen, Kampf um Positionen, saubere Schuhe, teure Uhren, der ganze Scheiß. Security am Eingang und in der Parkgarage. Überall frische Blumensträuße, riesig groß, es gibt immer Champagner.
Manchmal denke ich, was ist, wenn ich mal durchfalle. Ich kann mir das nicht vorstellen, aber es könnte ja sein. Frau weg, Geld weg, zusätzlich krank, keine Kraft mehr. Das denkt wohl jeder mal einen Moment lang.
Irgendwann hat mich eine total fertige Junkienutte angequatscht, die hat am ganzen Leib gezittert. Ich habe mich richtig erschrocken. Ich wollte die Bahnhofs-

szenerie nur einen Moment beobachten, ein bisschen nachdenken, nicht Teil des Ganzen werden.
Ich bin ins nächste Taxi geflohen und ab nach Hause.
Noch mal ins Kinderzimmer geschaut, es gibt nichts Schöneres als schlafende Kinder.
Maybritt schlief natürlich auch schon, ganz entspannt und friedlich.
Und dann habe ich mir die beste Flasche Wein geholt, die ich dahatte, und sie vor der Glotze gekillt. Sie haben eine dieser Eisenbahnfahrten gezeigt, die Kamera ist auf der Lok montiert, und es ging eine Stunde von Saarbrücken Richtung Paris. Für mich die reinste Meditation.
Alles ist wunderbar.
Nachher gegen sieben wecken mich Frau und Kind.
Ich werde verkatert sein, müde und glücklich.
Und gegen Mittag halte ich ja meinen Laptop wieder in der Hand.
Deinen hast du ja wohl längst.
Das ist gut.
Schlaf gut, Mike,

Dein Tobi

30. 3.
11:08

Morgen,

quäle mich gerade aus der koje, schalte den rechner an. Und was sehe ich: eine neue nachricht von meinem lieblings-hamburger.

Schön, dass du mir nicht mehr gram bist. Ich hoffe, du kriegst deinen rechner heute endlich (!!) wieder. Meld dich mal, wenn alles in ordnung ist. Auch wegen arne, der ist schon ganz unruhig – will unbedingt wissen, ob alles stabil läuft, nachdem er dieses programm wieder gelöscht hat. Bei ihm selbst gab es wohl noch probleme mit ein paar treibern. Aber keine angst, nichts schlimmes! Wenn auch bei dir was sein sollte, meld dich, arne kann dir sagen, wo du die neuesten treiber-versionen im internet downloaden kannst, kostet auch nichts.

Witzig, was du da über deinen ausflug über den hamburger hauptbahnhof erzählst. Ja, das einfache leben hat manchmal auch seine reize.

Mich erinnert das so ein bisschen an einen aktionstag in berlin, letztes jahr im sommer. Eigentlich sollte carola auch mit, ist aber im letzten moment wieder abgesprungen. Egal, wir sind mit dem ice hin, ein paar kumpels vom clean-money-workshop, arne und ich. War total klasse. Habe mir extra meine gammelige berlin-hose angezogen, die lederjacke aus meiner punkerzeit natürlich auch. Wir haben dann erst mal so eine führung gemacht, so'n späthippie mit rastalocken und zerrissenen jeans hat uns durch mitte und das einkaufszentrum am potsdamer platz geführt und uns alles mögliche über konsumscheiße, korrupte banken und biofood erzählt. War ein bisschen abkoche, hat einen zwanie pro person gekostet, und dabei wusste ich das meiste schon.

Danach sind wir dann durch mitte (wo ist denn ditte?) und anschließend durch kreuzberg gezogen und haben ein bisschen rumgeprollt und die leute angebettelt. Eigentlich witzige aktion, war aber so viel los, also bettlermäßig, dass kaum was abgefallen ist. Und die türken in der prinzenstraße geben sowieso nichts. Schließlich gab es sogar ärger mit einer kleinen gruppe aus münchen, die meinte, kreuzberg wäre alleine ihr revier.

Höhepunkt des tages war dann »regen über berlin«. Da haben wir gemeinsam in der prinzenstraße oben von der u-bahn runtergepinkelt. Natürlich kam dann die polizei, aber die einheimischen punks haben sie aufgehalten, und wir konnten gerade noch rechtzeitig in die u-bahn springen.

Dann war schluss, und wir mussten zurück nach köln. Ein paar wollten noch bleiben und gucken, ob sie vielleicht ein paar yuppi-autos abfackeln. Aber das ist nichts für mich, man weiß ja nie, wem die autos wirklich gehören, und sowieso ist mir das ein bisschen zu krass. Abgesehen davon wollte ich meine platzkarte für den zug nicht verfallen lassen.

Im ice haben wir dann das geld, das wir erbettelt hatten, zusammengelegt und uns ein paar bierchen für die rückfahrt geholt. An die strecke ab hannover kann ich mich kaum noch erinnern, so besoffen war ich. Zum glück hatte ich damals keinen compi dabei.

Alles in allem also recht geselliger ausflug. Kann daher gut verstehen, warum du dir die sinnfrage gestellt hast, als du die ganzen figuren am hauptbahnhof gesehen hast. Simple is better, simple is good, das hat carola auch mal gesagt.

Obwohl, ich muss gerade wieder an diese briefe denken, die ich bei dir auf dem rechner gelesen habe (tschuldigung noch mal), diese vielen bewerbungen und auch die mails an deine frau ... Ich weiß, das willst du nicht hören, und vielleicht täusche ich mich auch. Aber ich frage mich, ob du nicht doch wirklich schwierigkeiten hast.

Was ich meine: Bevor du dich wirklich wieder an den hauptbahnhof stellst und sogar die hand aufhalten musst, sag bescheid. Uns fällt schon was ein. Egal, wie tief man in der scheiße steht, irgendeinen ausweg gibt es immer.

Liebe grüße aus kölle
Mike

30. 3.
18:26

Lieber Mike,

habe sehr über Deine Mail gelacht. Fast schon spießig, gell?
Eure Führung in der Hauptstadt erinnert mich an TUI-Reiseführer, die mit dem hochgehaltenen Schirm (allerdings animieren die vermutlich keine Pauschaltouristen zum Betteln).
Schade, dass Carola nicht dabei war, ihr hättet sehr viel Spaß gehabt, da bin ich sicher.
Sie geht Dir nicht aus dem Kopf, was?
Vergiss meine Ratschläge, sie zu vergessen.
Es funktioniert einfach nicht.
Ich habe etwas eingefädelt, aber nicht böse werden.
Du sollst in Carolas Hirn einen Platz bekommen, immer wieder auftauchen, sie soll an Dich denken.
Daher habe ich ihr eine kleine Mail geschickt, in Deinem Namen. Jetzt brauchst Du nicht gleich rot anlaufen.
Wenn es schiefgeht, sagst Du einfach, Du wärest einem Hacker zum Opfer gefallen. Der Text stammt übrigens nicht von mir, sondern von einem verstorbenen Freund.
Den hat er für seine Kinder geschrieben.
Vielleicht wirst Du sagen, das Ganze ist nicht Dein Style.
Richtig.
Aber glaube mir, gerade das wird Carola beschäftigen.
So kennt sie Dich noch gar nicht.
Ein Mann, der sich in Kinder hineindenken kann, bekommt von Frauen fünf Sterne.

Und das hat der Typ, den Du in der Mensa mit ihr gesehen hast, mit Sicherheit gar nicht drauf.
Das spürt sie ganz genau.

Herzliche Grüße
Tobias aus HH

PS: Mein Laptop ist angekommen, danke.

CC
30. 3.
22:25
An Caro@evolution.net

Liebe Caro,

ich schreibe gerade etwas, was ich schon immer schreiben wollte: ein Kinderbuch.
Habe beim Schreiben des ersten Kapitels an Dich gedacht. Deshalb sollst Du diese Geschichte von mir kennenlernen.
Ich würde gerne nach Fritztaun umziehen, wenn ich wüsste, wo es liegt.
Treffen wir uns dort auf einen Kaffee?

LG
Mike

DIE GESCHICHTE VON FRITZTAUN

Aufgezeichnet
von
Mike Gerlach

Kapitel 1
DAS BETT AUF DEM SCHWIMMKRAN

Leo kuschelte sich, so tief er konnte, in das weiche Kopfkissen und zog sich die Bettdecke wie ein Zelt über den Kopf. Dann schloss er die Augen und wartete einen Moment. Leider nützte alles nichts, er konnte einfach nicht einschlafen!
Sein Bett schaukelte hin und her.
Nein, ihm war nicht schwindelig, und er träumte das auch nicht, sein Bett schaukelte wirklich hin und her!
Ein salziger Seewind kitzelte seine Nase. Auch das war alles andere als normal, denn normalerweise stand sein Bett in seinem Kinderzimmer in der Flussstadt, und da wehte kein Wind. Wenn Leo in dieser Nacht nach oben schaute, sah er nicht die Zimmerdecke, sondern direkt in den schwarzen, sternenlosen Himmel. Leos Bett stand nämlich an Deck eines Schwimmkrans, und der kämpfte sich gerade durch die Wellen in einer Meeresbucht. Um sein Bett herum war alles festgezurrt, was sich in der alten Wohnung befunden hatte: Schränke, Tische, Kartons, Stühle, Fernseher und seine Kiste mit der Playstation und der Ritterrüstung. Der Schwimmkran gehörte seiner Mutter Rosa und hieß ›Kranich‹. ›Kranich‹ sah aus wie ein Floß und war ungefähr so groß wie ein halbes Tennisfeld. In der Mitte stand ein Kran auf eisernen

Stelzen. Leider gab es oben am Fluss keine Arbeit mehr für kleine Schwimmkräne, seit sie große Kräne angeschafft hatten. ›Für Fritztaun ist unser Kranich ideal‹, erklärte Leos Mutter. In Fritztaun gab es nämlich keine Straßen, sondern nur schmale Kanäle zwischen den Häusern. Da die Stadt alt war und vieles kaputtging, musste viel repariert werden. Und dazu brauchte man genau so einen kleinen, wendigen Schwimmkran, wie Rosa ihn besaß!
Ganz oben, aus der Krankabine, steuerte seine Mutter den Schwimmkran und sang dabei eins ihrer Lieblingspopstücke: ›Schuppidua, yeah, yeah, yeah.‹ Ihre Stimme war warm und stark. Mit den Sängerinnen im Radio konnte sie dreimal mithalten, fand Leo.
Plötzlich stellte sie die Maschine aus.
Wie aus dem Nichts war die Hafeneinfahrt von Fritztaun aufgetaucht. Leo kletterte aus seinem Bett und rannte barfuß über das kalte Metall des Decks zu seiner Mutter in der Krankabine.
Lautlos, wie ein Geisterschiff, trug die Strömung ›Kranich‹ in den Hauptkanal von Fritztaun hinein. Das Wetter war umgeschlagen, die Luft wurde schwül und neblig. Es war fast zwei Uhr, mitten in der Nacht. Fritztaun sah so aus wie eine finstere, verwunschene Dschungelstadt, die vor vielen Jahren verlassen worden war. Die Häuser waren im Laufe der Zeit überwuchert worden mit Schlingpflanzen und riesigen Farnen. Und doch schienen hier ein paar Menschen zu leben, denn zwischen den Schlingpflanzen waren überall kleine Kerzen aufgestellt, die wie Lichterketten zeigten, wo der Kanal langging. Leider mussten sie laut Stadtplan den Lichterkanal bald verlassen und geradeaus in einen stockfinsteren Seitenkanal abbiegen. Der war so eng,

dass ›Kranich‹ gerade mal so durchpasste. Leo durfte den Knopf für die Scheinwerfer drücken.
Im hellen Licht sah alles ganz anders aus.
Die Häuser waren gar keine richtigen Häuser, sondern Schiffe, die man an Land gezogen hatte! Auf den Schiffsdecks hatte man kleine Häuser gebaut. Auf deren Dächern wuchsen Bäume und Büsche, deren dünne Äste über die Wände hinunter bis ins Wasser reichten. Sie sahen aus wie lange, dicke Haare, jedes Haus hatte eine andere Frisur, einige hatten die Schlingpflanzen zu Zöpfen zusammengebunden, andere wuchsen wild und lockig. Plötzlich riss Leos Mutter den Maschinenhebel auf ›Volle Kraft zurück‹! Leo starrte entsetzt nach vorne: Hinter einer engen Kurve kam eine niedrige Brücke in Sicht. ›Kranich‹ war viel zu hoch, die würden sie mit dem hohen Kranausleger auf jeden Fall rammen! Rosa fuhr volle Kraft zurück.
Wie sollten sie so ihr neues Haus finden?

31. 3.
17:33

TOBIAS, WAS MACHST DU DENN?!!

Du kannst carola doch nicht einfach eine mail von mir schicken?!! Und dann noch dieses kinderbuch!! Mann, tobias, mag ja nett gemeint sein, aber du machst alles kaputt. Ich habe einen genauen masterplan, ich weiß genau, wie ich an carola herankomme. Das kannst du mir glauben. Ich habe alles im griff. Ich weiß, dass mein tag kommen wird, ein zeitfenster, in dem alles möglich ist, und dann muss ich vorbereitet sein.

Aber was soll ich jetzt nur machen?! Ich bin doch kein kinderbuchautor, ich kann doch gar nicht schreiben, also nichts richtiges wenigstens. Ich habe mal einen leserbrief für die unizeitung geschrieben, für die musikseite (arne fand ihn ziemlich cool). Das war's dann aber auch. Was, wenn carola mich auf das buch anspricht, mit mir darüber reden will? Was soll ich dann sagen?!! Ich habe die geschichte mal kurz angelesen, aber richtig kapiert habe ich sie noch nicht. Ein schiffskran auf reisen nach fritztown?? Was, wenn sie merkt, dass ich keine ahnung vom schreiben habe, dann wird sie mich auslachen, und ich werde niemals eine chance bei ihr haben!!! Und kaffeetrinken in fritztown geht auch nicht. Carola trinkt nur tee. Und ich glaube, sie weiß, dass ich das weiß. Und wenn ich ihr jetzt kaffee vorschlage, muss sie denken, ich habe mir noch nie wirklich gedanken um sie gemacht. Dann bin ich bei ihr untendurch, verstehst du?!!

Und überhaupt, carola und kinder?! Ich glaube, du hast eine ganz falsche vorstellung von ihr. Auf einem seminar hat sie mal gesagt, dass sie sich und ihren körper niemals dafür hergeben würde, um ein baby in diese übervölkerte und vom patriarchat kontrollierte welt zu setzen. Sie hat gesagt, sie will eine unabhängige frau bleiben und keine von männern domestizierte gebärmaschine. Mann, und jetzt kommst du mit einem kinderbuch!!!

Hätte ich deine mail doch nur schon heute morgen gelesen!! Dann hätte ich ganz anders reagieren können. Ich habe nämlich carola heute mittag bei rewe getroffen. Ausgerechnet bei den zeitschriften, ziemlich doofe situation. Ich habe gerade ein bisschen in der cosmopolitan gelesen, im ratgeber liebe & sex. Thema war, mit welchen kleinen tricks kriegen frauen männer zu der stellung, die sie (die frauen) wirklich gut finden. Klasse so ein blick in die kabine des gegners. Ich dachte, wie gut es wäre, wenn ich später mal carola überraschen kann, weil ich auch ohne ihre kleinen tricks schon den ganzen katalog mit den richtigen stellungen kenne.

Aber ich glaube, das kann ich jetzt vergessen. Denn carola stand auf einmal neben mir und hat mich mit dem heft in der hand erwischt. Ich bin natürlich total rot geworden und habe geschwitzt wie ein schwein und wie ein idiot rumgestottert, von wegen, wie widerlich doch das frauenbild in solchen zeitungen ist usw. Schließlich hat sie nur den kopf geschüttelt und ist weggegangen. Das komische: Sie hat gar nichts gesagt, sie hat mich nur wie einen alien angestarrt.

So, jetzt weiß ich mittlerweile, dass carola (übrigens: sie hasst die abkürzung caro!!) zu dem zeitpunkt schon deine mail gelesen haben muss. Was muss sie jetzt nur von mir denken?!! Schreibt kindergeschichten über schiffskräne und holt sich im supermarkt einen runter? Was soll ich ihr denn nur sagen, wenn ich sie das nächste mal treffe? Entschuldige, ich habe die kindergeschichte gar nicht geschrieben, alles nur ein fake, das, was du bei rewe von mir gesehen hast, ist mein wahres gesicht? Und wenn ich die mail geschrieben hätte, hätte ich nicht auch etwas zu ihr sagen müssen?? Wie sieht das denn jetzt aus?!!

Ich habe beschlossen, mein zimmer erst mal nicht mehr zu verlassen. Ich habe mich im copyshop krankgemeldet, was auch stimmt, mir geht's im moment wirklich beschissen, mein magen fährt karussell, und das mittagessen hängt mir jetzt noch immer im hals. Keine ahnung, wie es jetzt weitergehen soll. Der computer ist natürlich immer an, aber noch hat carola nichts geantwortet. Bei jedem telefonklingeln zucke ich zusammen, dabei war nur dreimal meine mutter dran und einmal arne, der mit mir heute abend ins kino wollte. Geht natürlich nicht mehr.

O mann, tobias, was hast du nur getan?! Durch deine schuld weiß carola jetzt, was ich von ihr denke!! Was soll ich nur tun, verdammt?!!

Gruß
Mike

31. 3.
19:07

Mikeboy,

Du hast Deine eigene Sicht der Dinge, das akzeptiere ich. Aber du schätzt Carola, glaube ich, vollkommen falsch ein. Sie hasst den Namen Caro? Warum lautet dann Ihre E-Mail-Adresse Caro@evolution.net?
Carola ist viel besser und toleranter, als Du denkst.
Und viel unsicherer.
Sie hat Dich im Supermarkt nicht angesprochen, weil sie unsicher war. Nicht wegen der Zeitschrift, das ist lächerlich. Nein, sie war unsicher, weil Du eine Seite in ihr gerührt hast, die sie bisher verdrängt hat: die der möglichen Mutter eines Kindes. Scheiß auf Ideologie, von wegen Patriarchat und Gebärmaschine.
Sie hat gespürt, dass da noch etwas ist, das stärker ist.
Und das hast Du ihr klargemacht.
Sie ist hin- und hergerissen, verwirrt, deswegen kann Sie Dir nicht klar begegnen.
Aber in ihr wächst die Erkenntnis, dass Du eine neue Tür in ihrem Dasein geöffnet hast.
Etwas Gewaltiges, Schönes.
Ein Beben.
Ausschließlich verbunden mit Dir!
Warte ihre Mail ab, sie wird Dein Leben verändern.
Das klingt missionarisch, ich weiß. Aber es wird passieren, egal, was ich schreibe oder nicht schreibe.

Es grüßt dich voller Vorfreude und Zuversicht,
Dein good ol' Tobias

1. 4.
15:33

Hallo, tobias,

noch nichts neues. Habe die nacht neben dem computer geschlafen und auch am tag das zimmer nicht verlassen. Aber bis jetzt noch keine reaktion von carola.

Heute nacht um halb zwei lautes lachen von der Straße. Habe vorsichtig die jalousie gelüftet und geguckt. Waren aber nur ein paar halbstarke, die autospiegel abgetreten haben. Schlimm. Von carola keine spur.

Heute morgen plötzlich klingeln an der haustür. Habe lange überlegt, ob ich öffnen soll, seh im moment nicht gerade präsentabel aus. War dann aber nur die oma von gegenüber, die fragte, ob ich ihrer katze futter geben kann, weil sie für ein paar tage zu ihrem enkel will. Kein problem.

Habe das haus heute nicht verlassen, natürlich nicht. Arne hat sich für mich an der uni umgeschaut. Tatsächlich hat er carola gesehen. Sie hat mit einigen freundinnen in der mensa gegessen und viel gelacht (über mich?!!). Sonst nichts auffälliges. Arne hat sie am zülpicher platz in der straßenbahn verloren.

Bleibe weiter auf empfang. Computer online, handy frisch aufgeladen, telefonanschlüsse noch mal gecheckt, alles in ordnung.

Keine sorge, melde mich, sobald sich was tut.

Bis bald
Mike

PS: Tobias, vielen dank für deine hilfe, aber bitte halte dich ab jetzt aus meinem liebesleben raus!! Bitte keine neue mail an carola!!! Habe alles im griff!!

2. 4.
20:15

Hi tobias,

endlich eine reaktion auf deine mail, nur anders, als ich es erwartet habe …

Auch heute habe ich die ganze zeit auf der lauer gelegen. Schon komisch, was man so alles hört, wenn man am tag ganz alleine in der wohnung hockt. Die scheppernde müllabfuhr, leute, die am morgen mit quietschenden reifen zur arbeit fahren, dämliche morgen-shows im fernsehen aus den nachbarwohnungen, pöbelnde handwerker. Von irgendwoher habe ich sogar eine frau jammern, manchmal sogar schreien gehört, keine ahnung, was die für ein problem hatte.

Doch keine antwort von carola, kein anruf, keine mails, nichts.

Aber dann hat es an der tür geklingelt. Ich hatte mich extra geduscht und rasiert, für den fall der fälle. Aber es war nicht carola, es war ihr schweinefreund. Ohne vorwarnung hat der gorilla mir eins auf die schnauze gehauen, mich angefaucht, ob ich ihn verarschen will, und hat mir dann einen ausdruck deiner/meiner geschichte ins gesicht geworfen.

Wie sich herausstellte, ist er von beruf kranfahrer!! Das ist natürlich ein blöder zufall. Er hat gesagt, er hätte den text heute morgen bei carola zufällig auf dem tisch gefunden. Ich habe versucht, ihm zu erklären, dass ich nichts von seinem beruf gewusst habe, dass ich ihn nicht aufziehen wollte und dass das überhaupt nichts mit der geschichte zu tun hat. Aber der kerl hat mir überhaupt nicht zugehört, mir noch ein paar verpasst und meinte, ich soll gefälligst meine finger von seiner freundin lassen.

Dann ist er wieder weg. Hat eine weile gedauert, bis ich mich wieder aufgerappelt habe. Ich bin dann ins bad und hab mein gesicht unters wasser gehalten, bis die erste schwellung etwas weggegangen ist. Dann habe ich einen blick auf die zettel geworfen.

Und ob du's glaubst oder nicht, carola hatte mit einem kugelschreiber überall etwas draufgeschrieben, ich kenne ihre schrift genau!

Zunächst einmal hat sie überall ausdruck und satzbau mit dicker, roter schrift kritisiert. Dann stand da noch, direkt neben dem text:
Personenführung?!
Infantil!! Albern!!
Wo ist der spannungsbogen???
Was sind das für namen??!
Soll das etwa emotional sein??

Manche absätze hatte sie auch einfach nur durchgestrichen oder ein großes fragezeichen drüber gemalt.

Tobias, mir fehlen die worte ...

Hätte nie gedacht, dass dein plan funktioniert. Carola hat den text tatsächlich gelesen. Und nicht nur das! Sie hat sich gedanken darüber gemacht, gedanken über einen text von mir! Also über mich!! Sie hat sich mit mir auseinandergesetzt! Hat sich die mühe gemacht, zu überlegen, wie man die geschichte verbessern kann! Schön, so richtig gefallen hat sie ihr wohl nicht, aber wie's aussieht, hat sie mich endlich wahrgenommen. Auf intellektueller ebene!! Ich fasse es nicht. Ich bin so was von aufgeregt, ich habe schon arne angerufen, heute muss ich mich unbedingt besaufen, sonst kann ich heute nacht wieder nicht schlafen.

Aber wie soll es jetzt weitergehen? Hast du eine idee? Ich will ja keinen fehler machen, jetzt, wo es so gut läuft …

Viele grüße
Mike

2. 4.
0:02

Lieber Mike,

dass ihr blöder Kranführertyp Dir eine aufs Maul gehauen hat, tut mir unendlich leid, das ist wohl meine Schuld! Ich habe versucht, es wiedergutzumachen, das Ergebnis habe ich angehängt: Das wird das Ende von Carolas Beziehung sein!
Trotz allem bin ich begeistert, es läuft prächtig.
Du hörst Dich an wie frisch geduscht, stark und entschlossen. Dafür hat Carola feine Antennen, so viel habe ich bereits von ihr kapiert.
Mike, und wir reden dabei von erotischen Gefühlen.
Aber Vorsicht, bevor Dir die Phantasie durchgeht – ihr selber ist es noch nicht bewusst!

Ganz begeisterte Grüße nach Köln von
Tobias

CC
2. 4.
22:16
An Caro@evolution.net

Hi Caro,
weißt du, meine texte sind für kinder, man kann sie nur verstehen, wenn man wieder kind wird. Das ist nicht immer gerade oder korrekt, sondern wie ein baum, der ungeordnet in den himmel wächst. Aber es hat spreng-

kraft, und vor allem ist es ehrlich. Ich werde weitermachen. Gegen allen widerstand, weil ich es wichtig finde.

Ich habe leider ein indirektes problem mit dir, und das heißt: gewalt!

Heute war dein typ bei mir und hat mich verprügelt, weil ich dir meinen text geschickt habe. Keine angst, ich werde nicht zu den bullen rennen. Ich habe einen freund, der ist arzt, der hat mich medizinisch versorgt mit verbänden und medikamenten. Sonst hätte ich in die notaufnahme vom krankenhaus gemusst. Die hätten nur dumme fragen gestellt.
Ich werde weiterschreiben, das kannst du ihm sagen. Und mir ist wichtig, dass du weiter meine texte liest, das kannst du ihm auch sagen.
Wo hättest du als kind in fritztaun am liebsten gespielt? Wen hättest du dort gerne getroffen?
Phantasie ist wie wasser, das immer seinen weg von der quelle zum meer findet. Ich schreibe diese geschichten für die kinder der zukunft, und ich finde, wenn sich was lohnt, dann das.

Chillige grüße
von
Mike

PS: Dein freund hat mir meinen text vor die füße geworfen, nachdem er mich zusammengeschlagen hatte. Auch wenn das vollkommen irre war: Deine kommentare auf den papieren fand ich wahnsinnig anregend, ich würde nicht gern auf deine intuition und deine kritischen brainwindungen verzichten!!!!!!

3. 4.
14:06

Hi tobias,

wir müssen uns unbedingt ein bisschen besser absprechen. Ich bin dir für deinen rat und deine hilfe wirklich dankbar – aber bitte keine mails mehr, ohne dass ich davon weiß! Auch wenn ich deine letzte mail an carola eigentlich ganz okay finde.

Ist trotzdem wieder alles schiefgelaufen.

Eigentlich bin ich ja wohl selber schuld. Ich darf einfach nicht so viel trinken! Ich habe dir doch erzählt, dass ich mich gestern mit arne zu einem kölsch verabredet habe, weil ich viel zu aufgeregt war, um alleine zu hause zu bleiben. Na ja, wie so oft, ist es nicht bei einem kölsch geblieben, bei 15 habe ich aufgehört zu zählen …

So an alles genau erinnern kann ich mich nicht mehr. Arne meinte heute, er hätte mich ständig davon abhalten müssen, immer wieder eine lokalrunde ausgeben zu wollen. Peinlich …

Jedenfalls, ich war am ende immer noch so aufgedreht, ich wollte einfach nicht schlafen gehen. Da hat arne mir eine tablette gegeben, die mich ein bisschen runterbringen sollte. Kam aber nicht so gut, zusammen mit dem ganzen alkohol. Oder besser, kam *sehr* gut, denn ich bin sofort umgefallen und habe bis ein uhr durchgeschlafen, wie im koma.

Geweckt worden bin ich dann davon, dass jemand wie bescheuert an der tür sturm geklingelt hat. War frau fricke, die alte dame von gegenüber, die mit der katze … Die hatte ich über die aufregung wegen carola ganz vergessen! Ich hatte der katze zwar futter hingestellt und zu trinken, aber nicht wirklich genug für die zeit, in der sie alleine war.

Schon ein bisschen peinlich, ich weiß doch, dass die alte dame so durchgedreht ist, war trotzdem übertrieben. Na schön, sie meinte, ihr kater (heißt heinz, wie ihr toter mann, verrückt, oder?) wäre vor hunger so durchgeknallt gewesen, dass er sie sogar gekratzt hätte. Tatsächlich blutete die frau ein bisschen an der
schläfe …

Und nun wollte sie mir an die gurgel. Ich habe ihre hände festgehalten und versucht, sie zu beruhigen, aber die hat die ganze zeit wie irre geschimpft, du verbrecher, du schwein und was weiß ich noch alles. Und ich hatte doch immer noch diesen riesenkater, von dem bier und dieser verfluchten pille, und dann dieses geschreie.

Schon ein bisschen krass die ganze sache. Richtig peinlich wurde es, als carola auf einmal im flur stand. Sie meinte, sie hätte in meiner/deiner mail von meiner schweren verletzung gehört und sich ein bisschen sorgen gemacht. Stell dir vor, carola hat sich sorgen um mich gemacht!! Und sie wollte mich sogar besuchen!

Und nun sieht sie mich da am rangeln mit dieser alten nachbarin, die ständig kreischt, ich hätte ihre katze beinahe umgebracht!! Schließlich hat sie carola sogar ihre blutende stirn gezeigt und gesagt, auch das wäre meine schuld!

Ich wollte natürlich alles erklären. Aber ich kam überhaupt nicht zu wort, ein riesenchaos war das, schließlich tauchten noch andere nachbarn auf und wollten wissen, was da los ist. Jedenfalls hat carola dann von deiner mail erzählt und dass ich behauptet hätte, ich wäre total gegen gewalt – aber das wäre ja wohl eine freche lüge. Ich wusste in dem moment gar nicht, was ich sagen sollte, ich hatte deine mail ja noch nicht gelesen.

Jedenfalls hat carola nur frau fricke geglaubt und ihrem kranfahrerfreund, der arsch hat behauptet, ich hätte ihn gereizt. Nur deshalb hätte er mir eine geknallt.

Frau fricke hat sich dann wieder schimpfend in ihre wohnung verzogen. Auch carola hat mich böse angestarrt und ist wieder abgehauen. Ich stand da alleine und ziemlich doof da, wie ein schwerverbrecher, der arme, wehrlose omas verkloppt. Und wie ein lügner, denn carola hat natürlich gesehen, dass ich nicht so schwer verletzt war, wie in deiner mail stand.

Über die geschichte haben wir jetzt gar nicht geredet. Wollte sie wohl aber auch nicht. Wenn ich verrate, dass ich die auch gar nicht geschrieben habe, bin ich völlig untendurch.

Was soll ich jetzt nur machen? Ich werde carola wohl auch eine mail schicken und ihr alles erklären, wenigstens das mit der katze und der oma. Und das andere – da muss ich mal schauen. Im copyshop habe ich heute abgesagt, ich muss mir schließlich genau überlegen, was ich schreibe. Jedes wort ist wichtig. So kreativ wie du kriege ich das bestimmt nicht hin, doch irgendwie wird es schon gehen.

Aber erst mal haue ich mich noch mal aufs ohr. Bin immer noch völlig kaputt von dieser dämlichen pille.

Bis bald, tschö
Mike

3. 4.
22:13

Mensch Mike,

Du hast nicht gerade das Glück gepachtet, was?
Alles lief so gut …
Du brauchst jetzt ganz dringend eine Pause, sonst fährst Du Dein Leben gegen die Wand. Mein Rat für die nächsten Tage: Finger weg von Alkohol und Drogen!
Stattdessen Joggen, Sauna.
Bau Dich langsam wieder auf.
Sei mal wieder Du.
Und nicht Du-mit-16-plus-x-Kölsch.
Wenn Du Dich körperlich besser fühlst und wirklich erst dann, verschicke eine Rundmail:
Du suchst Leute, die mit Dir zusammen benachteiligten Kindern in Problemstadtteilen beim Lesen helfen. Und ihnen etwas vorlesen. Einige unabhängige Flüchtlingsorganisationen hätten Dich dazu bewegt, und dem würdest du gerne nachkommen. Dazu brauchst Du aber personelle Unterstützung. Geld gibt es nicht, stattdessen dankbare Kindergesichter.
DAS KANN KEINER SCHEISSE FINDEN – AUCH NICHT CAROLA!!!!!!!!!
Und als PS fügst Du hinzu, dass Du das Angebot bekommen hast, Kindergeschichten für einen neuen Verlag zu sammeln und zu veröffentlichen. Eine von Dir wird dabei sein, Du würdest Dich über weitere freuen. Der Verlag würde allgemein Geschichten von Frauen bevorzugen.
Was kann passieren?

Gar nichts. Dann ist es wie jetzt, und Du kannst über weitere Strategien nachdenken.
Sollte Carola darauf anspringen, suchst Du Dir irgendeine heruntergekommene Ghetto-Schule mit 99 Prozent Ausländeranteil und ziehst das tatsächlich durch. Jede Schule nimmt so ein Angebot dankbar an. Und das mit dem Verlag zerschlägt sich dann plötzlich.
Wichtig ist nur, dass Carola zu Dir kommt.

Herzliche Grüße aus HH
Tobias

4. 4.
21:17

Hallo, tobias,

war ein guter tipp – das mit dem ausruhen und der rundmail.

Ich habe erst mal schön ausgeschlafen und bin dann heute vormittag schwimmen gegangen, sogar in die sauna, wie du gesagt hast (obwohl ich gar nicht so ein saunafan bin, mir wird da immer schwindelig).

Das mit der rundmail war dann schon ein bisschen schwieriger. Ich bin nicht so kreativ wie du, habe ich ja schon gesagt. Aber vor allem wollte ich es richtig gut machen, damit carola auch ja anbeißt. Stundenlang habe ich mir einen abgequält, war ganz schön anstrengend.

Ist aber, glaube ich, ganz gut geworden. Bin gespannt, was du davon hältst. Hier ist die mail:

Hi freunde,
hab gerade einen anruf aus einer behindertenwerkstatt aus chorweiler bekommen. Die wollten wissen, ob ich nette menschen kenne, die zeit haben, blinden migrantenkindern aus ihrer einrichtung geschichten vorzulesen bzw. ihnen vielleicht auch lesen beizubringen.
Kohle gibt es keine, aber dafür dankbare kindergesichter.

Wer lust hat, soll sich bei mir melden, meine mail-adresse und phone number habt ihr ja. Wäre cool, wenn ihr dabei seid, die kinder verlassen sich auf mich.

see you soon
Mike

PS: Ach ja, und ein verlag hat mich gefragt, ob ich für sie nicht ein paar kindergeschichten sammeln kann, für ein neues buch. Eine geschichte von mir wird auch dabei sein. Ansonsten wollen sie aber besonders weibliche autorinnen.

Gar nicht schlecht, oder? Ein bisschen charming, seriös, aber trotzdem nicht spießig. Ich habe die mail schon gerade abgeschickt, als rundmail über facebook und studiVZ ging das ganz easy. Mal schauen, ob carola sich meldet! Meinst du wirklich, sie will noch was von mir?

Lg in den norden
Mike

5. 4.
19:50

Lieber Mike,

ich bin mal wieder in London. Coca-Cola plant jetzt schon eine weltweite Weihnachtsaktion für dieses Jahr (außer Israel und islamische bzw. buddhistische Länder, Thailand ausgenommen), und ich vertrete unsere Agentur für den deutschsprachigen Raum (Deutschland plus Ösis und Schweiz).
Langeweile pur, sage ich dir.
Das Ganze findet bei Coca-Cola London statt, bei deren Chef Frank Boyle habe ich mal vier Wochen gearbeitet. Boyle ist ein lebendes Klischee: ausgebeultes Tweed-Jackett, schiefe Zähne, dicker Bauch, näselnder Oberschichtakzent. Seine Assistentin Susan Winter hingegen ist die pure Männerphantasie: makellose Haut, immer im offenen Dekolleté, Beine bis zum Lichtschalter, sie besitzt diesen gewissen Augenaufschlag, bei dem Du nicht klar ausmachen kannst, ob er Interesse oder Abweisung bedeuten soll.
Susan und Frank werden »die Schöne und das Biest« genannt.
Und da wir uns in England befinden, werden die beiden nicht nur intern so genannt, sondern sie nennen sich selber so.
Das hat was, oder?

Ansonsten ist der englische Humor manchmal stark gewöhnungsbedürftig, vor allem, was Deutsche anbelangt. Als ich das erste Mal in London arbeitete, brachten

meine Kollegen über meiner Zimmertür ein Schild mit der Aufschrift »Arbeit macht frei« an.
Keiner konnte verstehen, dass ich das nicht witzig fand.
Danach nannten sie mich nur noch »Hitler«.
Keine Chance, was dagegen zu machen.
Irgendwann hatte ich die richtige Strategie raus. Als mein Chef mich etwas fragte, sprang ich auf, knallte die Hacken zusammen und rief zackig auf Deutsch: »Jawohl, Herr Obersturmbannführer!« (Diesen Begriff kennt jeder Engländer aus den Serien, in denen die Nazis die Doofen und die Briten die Tollen sind). Mein Chef machte sich fast in die Hose vor Lachen. Ab da hatte ich meine Ruhe.
Warum schreibe ich das alles?
Weil ich in meinem Hotelzimmer sitze, auf die Themse schaue und mir gleich ein langweiliger Vortragsabend mit widerlichen Leuten bevorsteht.

Aber nun zu Dir: Deine Rundmail ist gut (bis auf »weibliche autorinnen«)!
Aber sie genügt vielleicht nicht.
Ich schicke Dir später noch einen Text, der den Weg zu Carola frei machen sollte. Während der Vorträge habe ich genug Zeit, darüber nachzudenken.

Greetings from U.K.
Tobias

6. 4.
9:09

Oje, Mike,

ist doch etwas später geworden.
Ich bin mit der Assistentin von Frank und ein paar anderen Leuten noch um die Häuser gezogen. Warst du jemals in London? Die Briten sind wunderbar.
Ach ja, folgenden Brief habe ich an Carola geschickt:

liebe carola,

es ist mir wichtig, dass du das weißt. Schau mal in den anhang.
herzliche grüße von mike

ANHANG (handschriftlich)

Ursula Fricke
Hermeskeiler Weg 45b
<u>50 935 KÖLN</u>

Sehr geehrter Herr Gerlach,

ich möchte mich auf diesem Weg bei Ihnen entschuldigen. Ich bin leider abhängig von starken Medikamenten und habe zwei Pillen vertauscht, die meinen Hormonhaushalt reichlich durcheinandergewirbelt haben. Ich bin vollkommen zu Unrecht auf Sie losgegangen.

Am Ende standen Sie vor Ihrer netten Freundin vollkommen blamiert da, als seien Sie schuld.
Das tut mir unendlich leid.
Vielleicht geben Sie mir ihre Adresse, damit ich die Dinge richtigstellen kann.
Sie sind der einzige von den jungen Leuten in der Straße, der sich wirklich um uns Alte kümmert und nett zu uns ist. Und Sie haben schon genug Ärger (ich habe mitbekommen, wie dieser Grobian Sie letztens vor Ihrer Tür grundlos ins Gesicht geschlagen hat).
Das haben Sie nicht verdient!
Nehmen Sie meine Entschuldigung an?

In Hoffnung auf weiterhin so nette Nachbarschaft,

Ihre
Ursel Fricke

6. 4.
13:01

Mann, tobias,

mal langsam, scheiße, mir wird schwindelig. Was passiert da gerade? Das geht mir zu schnell, obwohl es gut ist, zugegeben. Darauf wäre ich nicht gekommen. Das ist sogar sehr gut!!! Jetzt muss sie sich melden, oder? Sonst wäre sie kein mensch, aber sie wird es tun!

Ansonsten gute nachrichten: Die vorleseaktion ist ein riesenerfolg. Mann, ich habe so viele nachrichten bekommen. Ich kann's kaum fassen. Mein postfach glüht, alle finden die aktion total cool und wichtig. Ich weiß gar nicht, wie ich das alles beantworten soll. Nur einer hat gestänkert, dass es überhaupt keine behindertenwerkstatt für blinde migrantenkinder in chorweiler gibt, aber den eintrag habe ich schnell gelöscht.

Mitmachen will allerdings keiner, wegen zu wenig zeit und zu kurzfristig und so ...

Mensch tobi, alles gute für deine cola-sache. Du hast ein tolles leben. Einfach so mal nach london, das würde ich auch gerne. Ich war nur einmal dort, 24 stunden mit rainbow-tours, mit der fähre rüber, vier stunden shoppen, stadtrundfahrt mit themsetrip, dann noch in eine kneipe, wo wir einige guiness-biere (bittere brühe, schmeckt eigentlich zum kotzen) geschlürft haben. Um 23 Uhr war schicht, dann ging's direkt zurück nach köln. Geschlafen wurde im bus. Die morsche karre ist dann noch mitten in belgien verreckt, aber das ist eine andere geschichte.

Es bleibt spannend!

Mike

7. 4.
11:19

Moin tobias,

es gibt leider einen kleinen rückschlag.

Carola hat sich immer noch nicht bei mir gemeldet. Aber falls da was kommt, wird es wohl nichts gutes sein …

Heute hat mir frau fricke von gegenüber einen zettel in den briefkasten gesteckt. Sie hat mich doch tatsächlich angezeigt, wegen tierquälerei! Das ist ja wohl reichlich übertrieben! Mann, ich mag tiere, und das hätte mir nicht passieren sollen, aber so schlimm war das auch wieder nicht! Außerdem behauptet frau fricke, ich wäre sie tätlich angegangen. Dabei habe ich ihr doch nur die hände festgehalten, damit sie mir nicht die augen auskratzt! Sonst ist frau fricke immer sehr nett, ich mag sie wirklich. Jetzt kommt es aber: Weißt du, wer sich bereit erklärt hat, bei den bullen als zeuge auszusagen? Genau, carola.

Schöne scheiße! Hätte nie gedacht, dass carola das macht. Arne meint, ich hätte sie mal gleich anrufen sollen, direkt nach dieser geschichte auf dem flur, um ihr alles zu erklären. Aber hallo? Wofür gibt es denn mails? Außerdem habe ich sie noch nie angerufen, wie hätte das denn ausgesehen?

Na ja, was noch schlimmer ist: Carola hat jetzt bestimmt schon deine/meine gefakte mail gelesen und weiß bescheid. Vergiss nicht, ihr vater ist staatsanwalt! Das gibt den größten ärger, den ich je im leben hatte. Denn nichts hasst carola so sehr wie lügen (und nazideppen), das hat sie mal in so einem fragebogen für die asta-zeitung geschrieben.

Was soll ich nur machen? Ich kann mich doch nicht ewig in meinem zimmer verstecken. Gestern abend war ich mal kurz raus und bin bei carola vorbei, keine ahnung, warum, nur gucken eben. Klingeln wollte ich jedenfalls nicht, so was müsste gut vorbereitet sein. War aber sowieso nicht da, die fenster ihrer wohnung waren dunkel. Bestimmt war sie bei ihrem bescheuerten gorillastecher.

Ach ja, wegen dieser vorlesesache. Ich kriege immer noch haufenweise mails, fast nur zustimmung, auch wenn sich keiner beteiligen will oder kann. Es gab aber auch ein paar arschlöcher, die mir unterstellt haben, ich wäre ein perverses schwein und dass ich das nur machen will, um mich an kleinen kindern zu vergreifen. Nicht zu fassen, was für idioten es gibt! Da will man einmal was gutes tun (oder so tun, als ob), und dann das.

Wegen dem buch haben sich auch ein paar gemeldet. Die meisten wollten wissen, was ich zahle. Eine frau hat mir sogar ihre geschichten angeboten, will sie aber nur schicken, wenn ich ihr vorher einen vertrag gebe. Was soll ich denen nur sagen?

Und du? Was macht deine coke-kampagne?

Bis bald
Mike

8. 4.
12:26

Oje, Mike,

das wird eng.
Erste Möglichkeit: Du kaufst den größten Blumenstrauß, den Du je gekauft hast (nicht unter 50 Euro!!!!!), ziehst Dich so spießig wie möglich an und entschuldigst Dich bei der armen Frau Fricke. Natürlich hast Du ein Riesenpaket Leckerlis für die Katze dabei. Dann bittest Du sie, die Anzeige zurückzuziehen, weil Du Dich im öffentlichen Dienst bewirbst. Dort braucht man nämlich ein makelloses Führungszeugnis. Wenn sie Dich anzeigt, musst Du Hartz IV beantragen.
Das alles solltest Du noch heute tun!

Wenn sie nicht darauf eingeht, brauchst Du sofort einen erfahrenen Anwalt, und zwar nicht deinen Kumpel Arne!!!
Der Anwalt kostet einiges, aber das ist es wert!
Es gibt leider nur einen Weg, die Dinge richtigzustellen: Frau Fricke muss unglaubwürdig wirken. Gut wäre, wenn sie dement ist und das amtlich festgestellt würde. Wenn Letzteres nicht zutrifft, musst du alles dafür tun, damit es so aussieht.

Das alles muss heute noch passieren!
Ansonsten wirst Du Carola nie näherkommen, im Gegenteil: Das war es dann!
Wenn Du Dich jetzt nicht bewegst und die Sache aussitzen willst, ist das eine Entscheidung gegen Carola, das muss dir klar sein!

Just do it!

Besorgte Grüße
von
Tobias

PS: Und vergiss die unsinnige Vorleseaktion und das Kinderbuch. Beides ist vollkommen unwichtig.

PPS: Das erinnert mich an eine PR-Aktion vor Jahren, die unsere Agentur fast gekillt hätte. Ein A-Klasse-Mercedes war einem unabhängigen Autotester in einer Kurve einfach umgekippt. Sämtliche Anzeigen und die TV-Kampagne wurden gecancelt – für uns damals ein Verlust von 40% des Jahresumsatzes.
Aber: Uns gibt es heute trotzdem noch!

8. 4.
22:20

Hallo tobi,

gut, dass ich auf dich gehört habe. Vielleicht wird jetzt doch noch alles gut ...

Keinen schimmer, wie lange ich in meinem zimmer gehockt habe. Ich habe nur gedacht: Scheiße, ständig geht alles schief, mein ganzes leben. Jetzt bin ich sogar bald vorbestraft. Und carola hält mich für ein arschloch.

Dann kam deine mail, und ich habe gedacht: Schluss mit dem gejammer. Raus aus dem dunkel, hinein ins licht. Luke skywalker hat sich in episode sechs auch darth vader gestellt. Neo hat bei matrix auch nicht gekniffen und den kampf gegen die andere seite aufgenommen. Also habe ich auf dich gehört und mir arnes ausgehanzug ausgeliehen (ein paar nummern zu klein, aber egal). Dann habe ich einen riesenblumenstrauß organisiert und bei der aufgeregten frau fricke geklingelt. Die hat vielleicht augen gemacht. Zuerst wollte sie mir die tür sofort wieder vor der nase zuknallen, aber dann hat sie die rosen gesehen ... 50 stück habe ich gekauft! Das hat die total umgehauen.

Rosen hat sie das letzte mal vor fast zwanzig jahren bekommen, da hat ihr mann noch gelebt. Die hat nur einen sohn in münchen und ein paar enkel in stuttgart, die sie aber nur ganz selten sieht. Überhaupt kriegt sie wohl kaum besuch. Jedenfalls musste ich erst mal reinkommen. Sie hat kaffee und alte kekse rausgeholt. Dann haben wir uns aufs sofa gesetzt (eigentlich der lieblingsplatz von ihrer katze, die hat mich vielleicht wütend angefaucht).

Ich habe gleich versucht, ihr die sache mit der anzeige auszureden, aber sie hat die ganze zeit erzählt. Die war so aufgeregt, dass endlich mal wieder jemand auf ihrem sofa sitzt, und wollte mit mir nur über ihren verstorbenen mann (der mit den rosen) reden. Sie hat mir ihre ganze lebensgeschichte erzählt, wo und wann sie sich kennengelernt haben, warum er gestorben ist (das herz), warum sie nur ein kind wollte, und so weiter und so weiter. Schließlich hat sie ihre ganzen fotoalben aus dem schrank gekramt, die musste ich mir alle angucken. Es war auch sehr interessant, stell dir vor, sie war in jungen jahren mal tänzerin. Man unterschätzt ältere leute immer viel zu schnell.

Die ist damals ganz schön rumgekommen, wasserski in st. tropez, wandern auf capri, bergsteigen in den dolomiten. Dann fing sie an, über ihren sohn zu schimpfen, der sie nie besuchen würde und sowieso ein mistkerl sei.
Endlich hat sie neuen kaffee geholt, und ich konnte sie auf die anzeige ansprechen. Zuerst hat sie gar nicht kapiert, worum es geht. Ich glaub, die wusste bis zu dem moment gar nicht richtig, dass ich und der bursche, der ihre katze alleingelassen hat, die gleiche person sind. Jedenfalls regte sie sich sofort wieder auf und schimpfte über den »anderen« und meinte, ihr armer heinz würde im schlaf immer noch krampfen. Trotzdem habe ich es

geschafft, ihr alles zu erklären. Und was soll ich sagen? Erfolg auf der ganzen linie, natürlich will sie die anzeige zurückziehen!

Ein bisschen irritation gab's am ende dann aber doch noch. Als ich mich verabschieden wollte (ausrede: vorlesen im altersheim! gut, oder?), hatte sie die anzeige schon wieder komplett vergessen, also auch, dass sie mir versprochen hatte, sie wieder zurückzuziehen. Ich habe ihr dann alles auf einen zettel geschrieben und an ihren spiegel geklebt, damit sie es nicht vergisst. Du siehst, auch ich habe manchmal gute ideen.

Dann bin ich wieder in meine wohnung zurück und habe das telefon, meine mails, facebook etc. gecheckt. Carola hat sich nicht gemeldet. Arne hat mir später erzählt, er habe sie schnäbelnderweise mit ihrem lover in der mensa gesehen. Arne meinte allerdings, die initiative ging immer nur von ihrem gorilla aus, sie hätte meistens nur verträumt aus dem fenster geguckt. Ob sie meine mail schon gelesen hat? Ich habe schon überlegt, ob ich bei ihr einsteige und ihren rechner klaue, bevor sie es tut.

Apropos mail: Diese frau, von der ich dir erzählt habe, die mit der kindergeschichte, die will jetzt doch tatsächlich hierher nach köln kommen (aus dem schwarzwald!!), um die sache mit dem vertrag und dem honorar persönlich zu klären. Ich habe natürlich sofort zurückgemailt, dass ich gar nicht da bin, aber die war schon auf dem weg. Schöne scheiße! Was soll ich der sagen, wenn die auf einmal vor meiner tür steht?!

Aber egal, ich muss erst mal ins bett, bin total müde. Vielen dank noch mal für deine hilfe. Ich halte dich auf dem laufenden.

Lg
Mike

9. 4.
22:30

Wunderbar, Mike,

alles gut gemacht, Du weißt, wie es geht!
Eine fette Strafe mit Charme und Diplomatie in nichts verwandelt, super! Frau Fricke hatte den schönsten Tag seit Jahren, und alle sind zufrieden.

Was Carola anbelangt, solltest du allerdings dringend eine Pause einlegen!
Und Pause heißt Pause, kein angedeutetes Zeichen, kein deutliches Zeichen: gar kein Zeichen!
Stille!
Schweigen!
Hast Du eigentlich eine Freundin? Ich meine eine gute Freundin? Ich bin der festen Meinung, jeder Mann sollte eine gute Freundin haben.
Viele Männer behaupten ja, das sei grundsätzlich unmöglich – und tatsächlich: Die Sexfrage sollte geklärt sein. Aber wenn sie das ist, ergibt sich eine tolle Chance, Frauen verstehen zu lernen, wenigstens ansatzweise.
In meiner Firma bin ich auch für Personalfragen zuständig, und ich plädiere immer dafür, Frauen einzustellen. Auch gerade, wenn sie alleinerziehend sind. Nicht weil ich so wahnsinnig fortschrittlich und sozial bin, sondern weil sie total effektiv sind und der Firma nützen. Selbst wenn sie hin und wieder nicht kommen, weil die Kinder Grippe oder Läuse haben.
Mal ganz ehrlich: Wir Kerle sind doch bei Diskussionen

mindestens 80% der Zeit dabei, unser Revier abzustecken und die Frage zu klären, wer den größten und wer den zweitgrößten hat.
Das fällt bei Frauen weitgehend weg.
Die kümmern sich direkt und mit voller Energie um die Sachthemen.
Und alleinerziehende Mütter umso mehr, weil die gewohnt sind, Unmögliches im Handumdrehen zu organisieren und einfach nicht genug Zeit zum Herumlabern haben.

Frage mal eine Frau, was die zur Carola-Sache meint.
Du wirst staunen.

Meine Frau Maybritt zum Beispiel sieht oft Dinge, die ich nicht mal ahne.

Herzliche Grüße
Tobias

PS: Natürlich ist es trotzdem toll, ein Mann zu sein. Nicht um Emanzipation und gleichen Lohn kämpfen, von Brücken pinkeln und mit den Kumpels Fußball gucken und bewundernd über umweltfeindliche Sportwagen reden, ist doch klar.

PPS: Was ist eigentlich Dein Traum-Lieblingswagen?

9. 4.
23:30

Hallo, Mike,

kurz vor Mitternacht frage ich jetzt, ob mein Tipp wegen Carola richtig war.
Vielleicht solltest Du ihr die neue Situation einfach so schildern, wie sie ist.
Frau Fricke ist etwas durcheinander, aber sehr rührend, die Oma, die Du immer haben wolltest, aber nie gehabt hast. Die aber gerade neue Medikamente bekommen hat und deswegen so aggressiv wurde, was ihr leidtut.
Du möchtest ihr zum Geburtstag ein Lied vorsingen. Sie liebt Duos.
Da Du gehört hättest, dass sie, Carola, gut singen kann, ob man nicht ein Duo ...
Nein, vergiss die Liedidee, das wird sie nicht machen.

Kannst Du überhaupt singen?
Wenn ja, wäre es ein Hammer! Eine kleine Voicedatei angehängt mit »You've got a friend« wäre der Hammer!
Aber bitte: Rede erst mit einer Frau, und erst dann maile Carola, was Sache ist.

Ich trinke noch einen, dann gehe ich ins Bett.
Auf mich wartet morgen ein fieser 14-Stunden-Tag mit fetten, aufgeblasenen Spinnern aus der Chefetage in München (mein Flieger geht um 6, das erste Meeting

ist um 8 – wer kann um diese Zeit schon denken oder reden?).

Auf Dich!
Tobias

10. 4.
19:03

Hallo, tobias,

immer noch nichts von carola. Ich glaube, du hast recht, ich sollte versuchen, nicht immer nur an sie zu denken. Da verkrampfe ich nur und bin total verspannt, wenn ich sie dann doch mal wieder treffe. Meine wg-kumpels machen schon witze, weil ich bei jedem tür- und telefonklingeln wie ein teufelchen aus der schachtel in den flur springe. Offensichtlich scheint carola im moment sehr beschäftigt zu sein. Vielleicht will sie mich nach der sache mit dem falschen brief ja auch gar nicht mehr sehen. Oder was auch immer.

Ob ich auch andere frauen kenne? Aber natürlich! Zum beispiel dietlind, meine mitbewohnerin, oder gesa, eine kollegin aus dem copyshop, die genau wie ich studiert, aber kaum noch in der uni ist. Überhaupt uni! Ich bin in letzter zeit ja nicht mehr so oft da, aber wenn doch – in den soziologie-, germanistik- und politikseminaren sitzen fast nur frauen! Nicht so hübsche wie bei bwl oder jura, aber immerhin.

Ob sie nun auch alle gute freundinnen sind, keine ahnung.

Dietlind hat natürlich schon mal mitgekriegt, dass es da eine carola gibt, aber das interessiert die gar nicht, glaube ich. Ist meistens sowieso nie da. Dietlind studiert sport an der deutschen sporthochschule, leichtathletik, kugelstoßen und speerwerfen, so was. Ist sogar ziemlich gut, glaube ich, war sogar bei den deutschen meisterschaften. Oder nrw-meisterschaften? Ich muss sie mal fragen …

Gesa aus dem copyshop interessiert sich schon mehr für meine geschichten von carola. Zumindest hat sie nichts dagegen, sie sich anzuhören. Dafür bringe ich ihr dann immer mal wieder ein paar selbstgelötete ohrringe mit, da freut sie sich total. Na ja, neulich konnte ich ein paar wochen gar nicht an meinem schmuck arbeiten, weil bei uns in der wohnung die heizung ausgetauscht wurde. Da konnte ich gesa auch nichts mitbringen. Komischerweise ist sie in dieser zeit überhaupt nicht zum plaudern gekommen …

Mmh, offensichtlich habe ich im moment tatsächlich keine gute »freundin«, aber dafür gute freunde, wie dich zum beispiel. Und überhaupt: So richtig gute freundschaft gibt's doch nur unter männern, oder?

So, jetzt muss ich aufhören. Die alte dame von gegenüber hat mich wieder drangekriegt. Wenn ich anderen senioren was vorlese, kann ich das ja auch für sie machen, hat sie gesagt. Was bleibt mir anderes übrig? Noch hat sie die anzeige nicht zurückgezogen.

Lg
Mike

PS: An die sache mit dem singen habe ich auch schon gedacht. Vor ein paar monaten bin ich deshalb extra mal in den asta-chor eingetreten, von wegen neue challenge und so. Hab gedacht, ich könnte carola später mit einem lied überraschen. Leider haben die mich schon nach dem zweiten abend aus dem chor geworfen, meinten, ich hätte genauso viel singtalent wie eine verschnupfte krähe …

11. 4.
22:20

Hallo, tobias,

ich bin's wieder. Carola hat sich gemeldet, nur ganz anders, als ich es erwartet habe …

Folgendes ist heute passiert: ich hab dir doch von dieser frau aus dem schwarzwald erzählt, die mir ihr buch anbieten will. Die stand heute plötzlich vor der tür. Sieht eigentlich ganz nett aus, ein bisschen verhuscht vielleicht, halblange schwarze haare, brille, große dunkle augen, aber ein misstrauischer blick, als wenn sie ständig denkt, die ganze welt würde sie betrügen.
Die hat mich sofort unter feuer genommen und wollte sich mit mir über den buchvertrag unterhalten. Ich habe versucht, alles zu erklären, aber die hat mir überhaupt nicht zugehört. Und nachdem sie die ganze lange strecke von tübingen bis nach köln gefahren war, wollte ich sie auch nicht vor den kopf stoßen und ihr verraten, dass diese ganze verlagsgeschichte nur eine lüge ist – schon gar nicht vor dietlind, meiner mitbewohnerin, die blöde grinsend im flur stand.

Diese autorin – sie heißt agnes – hält mich doch tatsächlich für einen richtigen agenten. Dass ich nur in einer wg wohne und sie mit schlabbrigen boxershorts und t-shirt empfangen habe, hat sie gar nicht gestört.

Wir sind dann in das internetcafé gegangen, zu gerald (den kennst du ja auch, viele grüße). Ich dachte mir, ich spiele einfach mit, tue so, als wenn ich wirklich ein agent bin, sag dann aber, dass ihre geschichte mir nicht gefällt, sie fährt zurück und aus die maus. Die ganze geschichte wollte sie mir dann sowieso nicht geben, nur eine zusammenfassung. Agnes hatte angst, dass ich ihre idee klauen könnte oder einfach an jemanden anderen schicke.

Mach ich natürlich doch: an dich.
Hier ist sie:

FEBRUARSONNE
Von Agnes Dörfler

Eine kleine Stadt in Süddeutschland. Zack ist tot. Seine Freunde glauben, es war ein Unfall. Nur Karla nicht. Die einfühlsame Studentin der Psychologie weiß, dass er einsam war, dass er verfolgt wurde. Genau wie sie. Die Suche beginnt.

Das war's. Mehr wollte sie mir ohne vertrag (und vorschuss) nicht zeigen. Ich saß da vor meinem kaffee und hab schlau geguckt. Was sollte ich ihr jetzt sagen? Ich habe solche gespräche doch noch nie geführt. Du hättest bestimmt gewusst, wie man ihr freundlich die meinung sagt, und sie dann einfach wieder nach tübingen geschickt. Ich bin jedoch nicht so gut in solchen sachen ...

Auf einmal stand carola bei uns am tisch! Sie war total sauer und hat mich gleich beschimpft. Ich soll endlich aufhören, ihr postfach mit meiner bescheuerten geschichte und meinen verdammten lügenmails zu verstopfen. Fritztaun interessiert sie einen dreck, und wenn ich ihr noch mal ein kapitel schicke, hetzt sie mir ihren freund auf den hals. Dann fing sie auch noch mit dieser anzeige an, sagte, dass sie noch mal mit frau fricke gesprochen hat und –

Plötzlich steht agnes auf, rückt ihre brille zurecht und fordert carola mit ihrer leisen stimme auf, sie und »herrn gerlach« bitte alleine zu lassen, wir wären gerade bei wichtigen verhandlungen! Und überhaupt, was wäre das denn für ein ton?! Würde man sich in köln etwa so unterhalten?

Unglaublich, oder? Carola hat sie angestarrt wie ein wesen vom mond! Sie wollte wissen, was wir hier verhandeln würden. Agnes hat ihr gesagt, dass ich eine ihrer geschichten herausbringen möchte und wir gerade die honorarfrage klären. Dabei ist sie ganz ruhig geblieben, nur auf der oberlippe habe ich ein paar schweißtropfen glänzen sehen.

Mann, ich kam mir so cool vor. Das war richtiges kino! Zwei frauen kämpfen um mich, vor meinen augen. Schließlich hat carola mich nur noch mal ungläubig angestarrt, den kopf geschüttelt und sich dann verzogen.

Ich bin mir nicht sicher, aber ich glaube, zum ersten mal habe ich so was wie interesse in ihren augen gesehen. Kann das sein? Du kennst doch die frauen? Wenigstens hat sie gemerkt, dass sie nicht die einzige spielerin auf dem platz ist. Außerdem muss sie mich jetzt für einen literaturagenten halten, wenn das nicht klasse ist!

Natürlich hat agnes ihren vertrag bekommen. Sie hatte schon einen in der tasche, ich musste nur unterschreiben. War vielleicht nicht so schlau, ich hätte ihn wenigstens mal durchlesen sollen, doch ich war so aufgedreht, ich dachte nur: Scheiß drauf, sie hat's wirklich verdient, und geht ja doch nur um ein buch.

Agnes war so glücklich. Sie hat mir gleich ihr komplettes manuskript in die hand gedrückt, ein riesenpaket, keine ahnung, wann ich das lesen soll.

Jetzt jedenfalls nicht. Ich hau mich erst mal hin. Ich habe extra ein paar kölsch getrunken, damit ich schlafen kann. Vielleicht träume ich ja von carola.

Viele grüße
Mike

12. 4.
11:03

Lieber Mike,

sehr amüsant, so schnell wird man also Verleger.
Ich beneide Dich, ganz ehrlich. Dein Leben ist abwechslungsreich, und immer wenn du denkst, jetzt gehen alle Lichter aus, passiert doch etwas.
Du erwirbst Dir in der tiefsten Niederlage den Respekt von Carola. Die kommt jetzt gewaltig ins Stolpern, weil sie Dich als Mann der Tat erlebt hat, bei Geschäftsverhandlungen. Sie hat Dich unterschätzt, das spürt sie sehr deutlich.
Es wird nicht euer letztes Treffen gewesen sein, sei sicher.
Allerdings, wenn Du sie nie wiedersehen willst, dann schicke ihr eine Mail.
Oder noch einmal deutlicher, wer weiß, nach so vielen Kölsch: SCHICKE IHR AB JETZT KEINE MAILS MEHR. Wenn sie sich mit Dir verabreden will, kann sie froh sein, wenn Du zwischen Deinen Geschäftsaktivitäten Zeit für sie hast.

Während um Dich die Frauen kämpfen, kämpfe ich nur gegen den Alltag.
Sei froh, dass Du nicht in meiner Welt lebst.
Gestern Abend war ich auf dem Elternabend meiner Tochter. Da kommen an die 20 Eltern zusammen, die nichts, aber auch gar nichts miteinander zu tun haben. Jeder hat eine komplett eigene Meinung zur Erziehung und will sie durchsetzen. Wie nach einer Wahl, bei der

alle Parteien nur 5% bekommen haben, aber keine will mit einer anderen koalieren.
Hamburg-Eppendorf, wo ich wohne, ist ein bürgerliches Viertel, große Altbauwohnungen, schicke Läden, alles sehr teuer, hier leben viele Medienleute. Die Leute in Eppendorf haben Geld. Trotzdem jammern viele herum, das glaubst du nicht. Auf der Elternversammlung zum Beispiel hat eine Mutter einen Streit angefangen über 10 Euro mehr für eine Klassenfahrt, das Geld hätte sie nicht. Weil sie sich in Eppendorf zum Proletariat zählt, sie und ihr Mann sind nur Beamte im gehobenen Dienst (beide mit vollen Stellen) und keine Chefärzte. Ich war mal bei denen, die haben eine 150 Quadratmeter große Eigentumswohnung wie wir, wohnen dort aber nur zu dritt. Wir reden da von 800–900.000 Euro für die Wohnung in bester Lage, wovon sie das meiste geerbt haben. Das ist echt extrem und kotzt mich an.
Ich komme aus sogenannten »kleinen« Verhältnissen. Unsere Wohnung habe ich auch ohne Eltern gestemmt. Die sollen die Klappe halten und weinen vor Glück, dass sie es geschenkt bekommen haben.
Und dann gab es auf der Elternversammlung noch die hochschwangere, zweitgebärende Frauenzeitschriftsredakteurin, 41 Jahre alt, kurz vor ihrem Stichtag. Die jeden Tag ins Sonnenstudio rennt, damit sie auf den Fotos nach der Geburt frisch und gesund aussieht, das Kind solle später so erkennen, wie glücklich sie gewesen sei.
Und ich kann noch nicht einmal schreien: Habt ihr sie noch alle!
Denn meine Tochter Antonia geht bei diesen Leuten ein und aus – es ist zum Kotzen, dagegen kann ich nichts

machen. Ich will Tonia ja nicht isolieren. Also macht man mit.
Auch wenn man kotzen könnte.
Manchmal denke ich, wie es wäre, wenn ich kriminell würde.
Eine Bank knacke oder einen Laden.
Oder Betrug, das könnte ich am besten.
Einfach mal raus, damit etwas passiert.
Verstehst Du, ich liebe meine Frau und mein Kind.
Und trotzdem, ich habe es mir fest vorgenommen.
Heute mache ich mal etwas, was wirklich strafbar ist.
Ich meine keine Ordnungswidrigkeit, sondern eine echte Straftat (alles außer Körperverletzung und Mord). Ich will dieses Gefühl mal haben, sonst ersticke ich an meiner Bravheit.
Immer nur funktionieren, das kann es nicht sein.

Melde mich, wenn es passiert ist.

Grüße
Tobi

12. 4.

20:07

Per Handy

Ich habe es gemacht. Ich fühle mich wie verliebt!

Tobi

12. 4.
20:13

Wow, Deine Stimme auf meiner Mailbox! Mach Dir keine Sorgen. So hörst Du dich also an. Viel tiefer, als ich dachte, ein richtiger Baß.

LG
T.

12. 4.
22:15

Tobias, was hast du getan?! Versuche ständig, dich am telefon zu erreichen. Aber wieso bist du nie da? Wo steckst du?

Mike

13. 4.
12:15

Ich bin's wieder. Ich hab's immer wieder übers phone versucht, aber wenn du nicht telefonieren willst, dann eben so.

Mann, was hast du nur angestellt? Klangst ja schon manchmal ein bisschen düster, aber deshalb muss man ja nicht gleich komplett auf die dunkle seite wechseln.

Nicht dass ich dir wirklich vorwürfe machen würde. Ich habe auch schon ein paar dinger gedreht und hatte auch schon ärger mit der polizei. Von der regen-über-berlin-sache habe ich dir ja schon mal erzählt. Dann habe ich vor ein paar jahren einmal ein kilo gras von holland über die grenze gebracht. Wir haben die grenze ganz normal über die autobahn passiert, alles ganz easy. Aber als klar war, dass wir damit durchkommen, war das natürlich schon ein heißes gefühl. Im gegensatz zu meinem erlebnis in der berliner s-bahn vor ein paar jahren. Bis dahin bin ich grundsätzlich immer schwarzgefahren, doch dann haben uns die kontrolleure fast erwischt. Mann, die haben uns quer über den tempelhofer damm gehetzt, mit einem köter! Ich habe mir fast in die hose gemacht, so eine angst hatte ich. Cool war's anschließend schon, trotzdem fahre ich seitdem nicht mehr schwarz.

Jetzt, wo ich es dir erzähle, fällt mir auf, dass ich noch nie eine sache in köln abgezogen habe, immer nur in anderen städten, vor allem in berlin, da gehört das ja fast zum guten stil. Na ja, wie heißt es bei ultravox (die band müsstest du kennen, oder?): Anything goes where no one knows your name.

Was quatsche ich hier nur so viel?! Was hast du denn nun gemacht?! Eine bank überfallen? Ein auto geklaut? Mann, das ist so was von krass! Ruf an! Mail mir! Ich bin total gespannt!

Ich meine, in meinem leben ist alles noch in bewegung, normal, dass man da auch mal über den abgrund rutscht. Aber du? Du hast doch einen platz an der sonne! Tolle autos, schöne frauen (wo bleibt denn nun das versprochene foto von sandy, lässt arne fragen), riesenwohnung, coolen job, kohle ohne ende. Dass du ausgerechnet auf mein kleines hängerleben neidisch bist, kann ich überhaupt nicht verstehen. Fühl mich aber geschmeichelt.

Natürlich, was du da von diesen freaks in eppendorf erzählst, diesen langweilerfamilien, den teuren geschäften und so, das hört sich schon ein bisschen ätzend an. Spießig eben. Wenn ich mir vorstelle, ich würde mit carola mal auf so einem elternabend auflaufen, die würde denen aber dampf machen … aber an carola soll ich im moment ja nicht mehr denken.

Aber trotz dieser ganzen spießersache bist du cool geblieben, das finde ich super. Du bist mein held. Dass du jetzt auch noch auf al capone machen willst, das ist schon abgefahren.

Halt mich auf dem laufenden, bitte!

Ich muss schluss machen. Frau fricke von gegenüber hat mich angehauen, ob ich ihr beim einkaufen helfen kann. Eigentlich habe ich ja keine zeit, aber sie hat die anzeige immer noch nicht zurückgenommen. Sie sagt, sie hat es vergessen, aber ich bin mir da nicht so sicher.

Lg
Mike

PS: Ach ja, wenn du eine bank ausgeraubt hast, ich könnte ein bisschen geld gebrauchen! Agnes war heute morgen hier und wollte den vorschuss für ihr buch. Ist ganz schön ungeduldig gewesen. Ich dachte, ich muss erst zahlen, wenn ich das ding irgendwo bei einem verlag untergebracht habe (also nie), aber im vertrag stand leider was anderes: 4.000 euro bei unterschrift. Hätte ich vielleicht vorher doch mal lesen sollen. So viel zu meinem tollen leben …

13. 4.
14:04

Oje Mike,

dieser ultimative Kick von gestern hört überhaupt nicht auf, ich kann mich kaum auf die Arbeit konzentrieren.
Was ich gemacht habe?
Ich müsste es dir persönlich sagen, das Netz hat zu viele amtliche Augen, die mitlesen könnten, wenn Du verstehst.
Handy ist auch zu unsicher.

LG
Tobias

13. 4.
21:08

Uff, meine Tochter im Bett, Frau im Theater, alles gut.
Es muss einfach raus.
Ich erzähle Dir eine vollkommen frei erfundene Geschichte, ja?
Jede Ähnlichkeit mit noch lebenden Menschen oder geklauten Booten wäre rein zufällig.

Lieber Mike,

es war einmal ein Mann, der fuhr jeden Abend mit seinem schweren, flaschengrünen Volvo-Kombi auf das Garagentor seines Hauses in Hamburg-Eppendorf zu. Das Tor öffnete er mit seinem Funkschlüssel, was er jedes Mal wie ein kleiner Junge genoss.
Aber an diesem Abend merkte er, dass er es anders wollte.
Sein ganzes Leben war wunderbar, er hatte eine tolle Familie, eine tolle Frau, tolle Kinder, der Job machte ihm Spaß (bis auf manchmal, aber das ist ja normal).
An diesem einen Abend sollte alles mal anders ablaufen als sonst.
Der Mann war im Hafen aufgewachsen, auf der anderen Elbseite, alles andere als ein gutes Viertel, obwohl dort auch Anständige wohnen (seine Eltern gehörten allerdings nicht dazu). Fast von selbst steuerte der fette Volvo mit fast lautlosem Motor in die dreckige Hafengegend, in der es alte Schuppen gab, Unkraut zwischen den Betonplatten vergessener Lagerflächen und jede Menge rostigen Schrott. Das klingt fast romantisch, ist es

aber nicht. Dazu stinkt es hier zu sehr nach Chemie und Scheiße. Der Mann war lange nicht hier gewesen, aber er kennt das alles länger und besser als seine schicke Wohnung auf der anderen Flussseite.
Er will etwas knacken, einbrechen, klauen.
Es soll eine Straftat sein, nicht bloß so etwas wie falsch parken.
Ein Thriller, keine Kömödie.
Also ab in den Sportboothafen. Zwischen all dem Schrott eine Insel mit sauberen weißen Kunststoffbooten. Gegen 16:00 Uhr Mitte April ist hier nichts los. Die Boote liegen brav und verlassen in Reih und Glied.
Na, wer von euch soll denn heute mein Liebling werden? Das tolle Holzboot mit dem grün lackierten Deck? Nein, ich nehme lieber eines von den schnellen Plastikschüsseln.
Der Mann geht unruhig den Steg auf und ab.
Die schwanenweiße»Poseidon« oder die anthrazitfarbene »Lucky Star«?
Es wird die Poseidon, einen ähnlichen Bootstyp habe ich selber mal gehabt. Eine Rennyacht, 16 Meter lang, die nicht gebaut ist, um von A nach B zukommen.
Sondern nur, um wie blöde zu rasen.
Als ich an Bord springe, wird mir flau im Magen. Der Mann ist ein bürgerlicher Familienvater, und was er vorhat, ergibt keinen Sinn. Jeder kann mich sehen, es ist helllichter Tag, eine Ausrede gibt es nicht.
Der Zugang zur Kajüte ist schnell geknackt. Drinnen riecht es nach kaltem Zigarettenrauch und Bier. Er zieht einen Schraubenzieher aus der Tasche und zerstört das Armaturenbrett, um an das Zündschloss zu kommen. Ich bin selber Boot gefahren. Wenn da auf See etwas passiert, musst du dir zu helfen wissen, dazu gehört auch:

Der Motor ist ausgegangen, du hast den Schlüssel verloren, und ein Sturm zieht auf. Jeder sicherheitsbewusste Skipper muss wissen, wie man ein Schloss knackt (ich trug immerhin die Verantwortung für meine Kinder).
Als der Motor anspringt, bollert der Sechszylinder los wie ein alter amerikanischer Straßenkreuzer. Mit kleinem Gang manövriert der Mann vorsichtig aus dem Hafen heraus. Bloß nicht umsehen, ob einer guckt. Alles sieht gut aus, aber der Magen fühlt sich an wie auf der Achterbahn. Natürlich hätte ich mir auch ein Boot mieten können, aber das wäre nicht dasselbe gewesen.
Wind kommt auf, 4–5 vielleicht, kein Sturm, aber auch kein Garnichts.
Langsam tuckert der Mann durch das Aprilwasser.
Er ist wieder zu Hause. Ich kenne das Elbwasser bei jedem Licht, in jeder Jahreszeit, bei jeder Temperatur. An den Spundwänden im Kanal kann ich erkennen, wie hoch das letzte Hochwasser war und wie hoch das höchste der letzten vier Wochen. Auch die Ausrichtung der Wasserpflanzen erzählt eine Menge.
Der Mann biegt ab in einen breiteren Kanal. Hier liegt ein alter, rostiger Stückgutfrachter aus Libyen, der mal hellblau angestrichen war. Auf dem Achterdeck stehen ein paar dunkelhäutige Matrosen mit schmutzigen, gelben Helmen auf dem Kopf und rauchen eine. Ich ziehe den Gashebel voll durch. Die »Poseidon« gurrt zufrieden auf, der Bug geht hoch, und das Boot schießt mit einem ungeheuren Satz nach vorne. Ich rase viel zu schnell durch die Hafenkanäle. (Kleine Info für die Kölner Landratte: Es gibt auch auf dem Wasser Geschwindigkeitsbeschränkungen.) Dann schlage ich das Ruder nach backbord die Elbe runter. Der direkte Weg zur Nordsee, zum Atlantik und zu den anderen Weltmeeren. Meine

Gesichtshaut entspannt sich im Wind, sie wird weich und glatt wie damals als Kind.
Natürlich ist das alles bekloppt.
Typisch Mann, was er selber nicht hinkriegt, muss die Maschine schaffen. PS und Geschwindigkeit – schon hat er das Gefühl, groß zu sein. Nimm ihm das wieder weg, und er ist jämmerlicher als je zuvor. Scheiß drauf, ich habe das Boot nicht geklaut, um zu philosophieren, sondern um mich zu berauschen!
Als ich auf der Höhe der Airbuswerke eine Streife der Wasserschutzpolizei entdecke, drehe ich schnell bei und mache die »Poseidon« am nächsten Steg in Finkenwerder fest. Zugegeben, ich zittere vor Angst. Schließlich will ich nicht die Verantwortung für meine Tat übernehmen! Ganz ruhig, Tobias: Der Eigner muss stinkereich sein, so ein Boot kostet über 100.000 Euro, die zerstörte Zündung zahlt die Versicherung. Mit einer richtig schmerzhaften Kopfdrehung stelle ich fest, dass das Polizeiboot mir nicht gefolgt ist. Halleluja! Ich renne in die nahe gelegene Einkaufsstraße und halte ein Taxi an. Ein grummeliger Pakistani bringt mich zurück zu meinem Volvo im Hafen. Mit dem fahre ich in meine Garage, die sich prompt mit dem Funkschlüssel öffnet.
So tiefenentspannt fühlt man sich sonst nur nach sechs Wochen Kur.
Leider hat Maybritt dann einen Streit angefangen, weil ich vergessen hatte, Tonia von einem Geburtstag bei Nachbarskindern abzuholen. Was wirklich blöd gelaufen ist, muss ich zugeben. Trotzdem bekomme ich das blöde Grinsen an diesem Abend nicht mehr aus meinem Gesicht. Meine gute Laune bringt Maybritt endgültig auf die Palme. Aber ich kann ihr unmöglich beichten, was ich getan habe, oder?

Im Bett fragte ich mich vorm Einschlafen: Wieso klauen Frauen nie ein Boot? Oder machen etwas derartig Bekloppptes?
Was machen sie stattdessen?
Wellness?
Schuhe kaufen?
Hast Du darauf eine Antwort?

Heitere Grüße in die Domstadt
Buddha
(Ex-Tobias)

14. 4.
21:10

Ach Mensch, Mike,

da schreibe ich die ganze Zeit von mir und übersehe Deine Sorgen.
Wegen der 4.000 Euro mache Dir keine Gedanken. Wenn diese Tusse was will, muss sie ein ordentliches Mahnverfahren einleiten, und zwar schriftlich. Dazu brauchst Du keinen Staranwalt, das bügelt sogar Dein Freund Arne lässig ab. Zur Gründung Deines Verlages ist es nicht gekommen, also entfallen alle Forderungen. Sie wird deswegen nicht ein teures Gerichtsverfahren beginnen.

Liebe Grüße vom erleuchteten
Tobias

14. 4.
23:15

Tobias, mein held!

Mann, die ganz zeit habe ich mich gefragt, was du wohl verbrochen hast, und dann so was. Wie cool, eine privatkreuzfahrt durch den hamburger hafen. Das ist grooooooßartiiig!!! Eine bank knacken, das kann jeder, aber so was, da musst du erst mal drauf kommen.

Arne ist gerade bei mir, ist auch total begeistert. Keine sorge, ist nicht so, dass ich ihm alle deine mails zeige, aber die musste er sehen. Jetzt sitzen wir und feiern dich. Keine sorge, kölsch trinke ich heute nicht (so viel), da kriegt man nur kopfschmerzen. Dafür war arne heute im garten rasen mähen und hat ein bisschen was von dem gras mitgebracht (hohoho!). Jetzt hocken wir hier vor deinem brief, rauchen uns was und hören meine krautrock-liste auf dem ipod. Jedenfalls geht's uns super, alles geschmeidig, wir könnten die ganze welt umarmen, vor allem dich, du bist unser held, aber das habe ich oben schon gesagt, oder?

Du bist unser leader, unser prophet, unser buddha, unser erleuchteter. Wir sind ganz beschämt. Was du alles wagst! Dabei könntest du so viel verlieren! Und wir? Drücken uns am bodensatz der gesellschaft herum, rupfen unkraut (arne) oder wechseln jeden tag nur scheiß-druckerpatronen aus und füllen papierbehälter auf (ich). Trotz all der coolen seminare und workshops, wir kriegen kaum was auf die reihe.

Du hast ja recht, du hast soooo recht. Manchmal muss man grenzen crossen, um frei zu werden. Habe gerade mit arne darüber geredet. Er meint, er hat richtig schiss davor, dass wir nur noch ein paar jahre so weitermachen können wie bisher. Irgendwann kommt eine frau, die uns an die leine nimmt und hinter sich herzieht. Bald kommen ein fester job, der erste kredit, kinder, und schon steht man knietief im morast. Jeder wird früher oder später spießer, sagt arne, da kann man nichts machen, das ist ein verdammtes naturgesetz, sagt er. Der bursche ist gerade ziemlich stoned, das kann ich dir sagen, aber da hat arne verdammt noch mal recht!!!

Du hast vorgemacht, wie man sich dagegen wehren muss. Das scheißrad des lebens dreht sich immer weiter, aber wer sagt denn, dass man immer aufsteigen muss?! Verstehst du, was ich meine? Ich glaube, ich bin im moment nicht so eindeutig. Warte, ich muss mal kurz um die ecke …

Da bin ich wieder. Also, wo war ich? Im moment dreht sich alles, trotzdem habe ich das gefühl, dass ich noch nie so klar war wie jetzt. Habe ich erzählt, dass agnes heute wieder bei mir war? Ich habe ihr erzählt, dass ich die kohle nicht habe und dass sie mich mal kreuzweise kann. Nein, das habe ich nicht gesagt, doch gedacht habe ich das! Aber das mit dem geld stimmt, das habe ich gesagt. Da ist die vielleicht ausgeflippt! Jetzt sucht sie sich einen anwalt hier in köln. Arne sagt, wenn es ärger gibt, wird er mir schon helfen.

Also, jetzt aber zu dir. Du bist mein held, habe ich das schon gesagt? Du hast was gewagt. Du bist ausgebrochen aus deinem alltag. Und das war geil, supergeiill. Jetzt haben arne und ich mal überlegt, wenn du das machst, dann können wir das auch. Verdammt, wir haben geradezu die verpflichtung, auch ein ding zu drehen! Ich rede jetzt nicht von kaugummiklauen oder vordiestraßenbahnpinkeln. Wir haben uns da auch schon was überlegt, das wird dir gefallen. Das wird der hit, davon wird die ganze stadt reden!!

Doch halt, du hast ja recht, kein wort im netz, nicht jetzt, wo sie uns noch stoppen könnten. Big brother is watching you and me. Also, wir ziehen jetzt los und machen es jetzt einfach. So wie du dieses schloss von dieser poseidon geknackt hast. Das war die grenze, und du bist rüber. Mann, ist das abgefahren!!!

Jetzt brechen wir auch aus. Wir gehen auf die andere seite. Ich fühl mich jetzt schon erleuchtet. Uns kann keiner was, verdammte scheiße. Vive la révolution!!

Also bis dann, ich mach die kiste aus, arne sitzt schon im auto und hupt. Ich bin sicher, du kannst morgen in der zeitung lesen, was wir jetzt vorhaben. Mann, das wird so was von krass. Wir sind frei, endlich, und das haben wir dir zu verdanken, du bist mein held.

See you
Mike

15. 4.
11:00

Na, Mike,

wieder nüchtern?
Ich hoffe, ihr habt in eurem Grasrausch keine völligen Dummheiten gemacht. Auf Twitter kam jedenfalls bis jetzt noch nichts.
Euer HELD in Hamburg ist ziemlich am Boden.
Heute kam in mehreren Zeitungen ein Artikel über den Bootsdiebstahl – das Boot wurde in Finkenwerder aufgefunden. *Zeugen haben an Bord der »Poseidon« einen schlanken Mann in einem schwarzen Designeranzug gesehen, mit rotem Schlips, das Deckhaar lang. Eine Ray-Ban-Sonnenbrille verdeckte seine Augen. Vermutlich besitzt er einen Bootsführerschein und hat Erfahrung mit Rennbooten.*
Das ist zum Glück so allgemein, dass sie mich deswegen kaum ermitteln werden. Trotzdem bin ich sicherheitshalber sofort zum Friseur gegangen, habe meine Haare nicht nur schneiden lassen, sondern bin jetzt auch weißblond! Mein Frau ist fast in Ohnmacht gefallen, als ich nach Hause kam, meine Tochter hat mich kaum erkannt. Meine Kollegen glauben, dass ich eine verfrühte Midlife-Crisis habe.
Sollen sie, von mir aus.
Du siehst, eine Straftat bleibt nicht ohne Konsequenzen.

Also,
keine Scheiße bauen und:
Keine Macht den Drogen!

Dein Tobi

15. 4.
11:25

BKA Wiesbaden
Dezernat 1
Internetkriminalität
Hauptkommissar Gerold Tandler

Sehr geehrter Herr Michael Gerlach,

im Rahmen einer richterlich genehmigten Überwachung des Amtsgerichtes Hamburg-Mitte haben wir Ihre letzte Mail mitgelesen und bitten Sie um Stellungnahme. Wir haben gegen Sie ein Verfahren wegen Verstoßes gegen das Betäubungsmittelgesetz bei der Staatsanwaltschaft Köln eingeleitet. Des Weiteren haben wir alle Polizeidienststellen in Köln informiert, mögliche Straftaten dieser Nacht auf Sie und Arne Becker, geb. 23. 7. 1985 in Wuppertal, abzugleichen. Ich weise Sie darauf hin, dass Sie Ihr Strafmaß durch ein Geständnis bei jeder Polizeidienststelle oder der Staatsanwaltschaft Köln mildern können.

Mit freundlichen Grüßen
Gerold Tandler
Hauptkommissar

15. 4.
23:32

Hi tobi,

das war vielleicht ein mieser tag. Weißt du, was passiert ist? Die polizei hat meine letzte mail abgefangen, die ich dir gestern abend geschickt habe. Jetzt wollen die sich bei mir melden und mich wegen drogenbesitz anzeigen! Noch habe ich nichts gehört, aber ich erwarte jeden moment, dass die an der tür klingeln!

Es ist also genauso, wie carola es immer predigt. Wir werden alle kontrolliert und überwacht! Big brother is alive!! Zum glück gibt es beim asta so eine art beratungsstelle für solche fälle. Die haben mir gesagt, wie ich mich verhalten soll. Ich gehe jedenfalls erst mal nicht mehr in meine wohnung, sondern wohne woanders.

Wie du siehst, habe ich jetzt eine neue netzadresse. Arne hat sie mir mit einem tool so eingerichtet, dass die automatischen suchmaschinen der bullen nicht mehr anspringen, wenn ich was verfängliches schreibe. Überhaupt soll die adresse vollkommen sicher sein. Ich habe dir das tool im anhang mitgeschickt, damit du nicht auch noch probleme wegen deiner yachtgeschichte bekommst.

Trotzdem werde ich mich wohl erst einmal ein bisschen zurückhalten. Habe schon genug probleme. Zum glück kann ich beweisen, dass arne und ich überhaupt nichts angestellt haben.

Und das ist sogar wahr, auch wenn es mir ein bisschen peinlich ist, das zuzugeben, vor allem vor dir, der du doch dein ding so konsequent durchziehst.

Ich will jetzt sicherheitshalber mal lieber nicht in die details gehen, doch im großen und ganzen ist letzte nacht folgendes gelaufen: Zuerst bin ich mit arne zu seiner gärtnerei gefahren. Dort haben wir uns ein paar eimer mit verschiedenen leuchtfarben organisiert (die renovieren gerade). Damit sind wir dann ab zum dom.

Was wir dort genau vorhatten, erzähle ich dir mal bei einem kölsch. (Ich sag nur so viel: Müssen wasserspeier eigentlich immer nur wasser speien?) Aber egal, dazu kam es gar nicht. Wegen einer schlägerei unter betrunkenen liefen da nämlich gerade haufenweise bullen herum. Wir mussten ewig warten.

Na ja, was soll ich sagen? Keine ahnung, wie deine erfahrungen mit kiffen sind, aber mir war auf einmal so übel, dass ich raus aus dem auto musste und direkt auf die domtreppe gekotzt habe. Dann habe ich mich zurück in arnes auto geschleppt, der mittlerweile schlafend auf seinem sitz hing und mit offenem maul wie ein lungenkrankes walross am schnarchen war. Ich habe noch versucht, ihn aufzuwecken, hat aber nicht geklappt. Dann muss ich selbst auch weggenickt sein, ich kann mich erst wieder daran erinnern, dass am morgen so eine dicke politesse an die scheibe geklopft hat und uns aufgefordert hat, das auto sofort aus dem halteverbot zu entfernen.

Das war also unser großes abenteuer. Nix da mit revolution, und so wie uns die bullen jetzt auf dem kieker haben, müssen wir jetzt erst mal den ball flach halten. Ganz schön peinlich, was? Doch du musst zugeben, der wille war da! Wir haben aber wohl nicht deine klasse, um so was bis zum ende durchzuziehen. So schnell geben wir allerdings nicht auf, unsere chance kommt bestimmt auch noch.

Ich verstehe gar nicht, warum du auch so down bist. Für dich ist es doch super gelaufen. Keiner kann dir deine große hafenrundfahrt nachweisen, und eine coole frisur hast du auch noch. Weißblond ist doch klasse. Aber achtung, im kino ist das immer ein sicheres zeichen für psychopathen: Denk zum beispiel an den killer bei der da-vinci-code oder der schakal mit bruce willis (krasser film übrigens).

So, jetzt haue ich mich aber erst mal aufs ohr. Morgen wird auch ein harter tag. Diese bescheuerte agnes hat mir einen zettel in den briefkasten geworfen, dass sie »um ein gespräch mit mir bittet«. Na ja, wenigstens wird es nicht langweilig. Du findest das ja so toll, aber im moment würde ich gerne mit dir tauschen, mit deinem coolen job und deinem netten, ruhigen familienleben.

Bis bald und denk daran, das safety-tool bei dir zu installieren.

Mike

16. 4.
8:05

Tobias, ich bin sprachlos. Gerade habe ich einen anruf vom asta bekommen. Diese bka-mail kam gar nicht vom bka – sondern von einem privaten anschluss. Die haben die absenderadresse rausbekommen, die mit irgendsoeinem trick verfälscht worden war. Sie haben mir gerade den richtigen namen gesagt: tobias fürstenberg …

Mann, was soll das? Wieso tust du mir das an?! Findest du das etwa witzig? Ich nicht!!

16. 4.
9:37

Oh, Mike, was habe ich getan?

Tut mir unendlich leid. Ich wollte Dich nicht ärgern. Ob Du es glaubst oder nicht, ich wollte euch nur helfen, euch schützen!

Ich hatte ein total schlechtes Gewissen, dass ich Dich und Arne in meine Stimmung mit hineingezogen habe und Ihr jetzt auch ein Ding drehen wolltet. Ich hatte Angst, dass Du etwas tust, was Du hinterher bereust und wofür Du womöglich Dein Leben lang büßen musst.
Es gibt keine Internetkontrolle der Polizei, alles von mir ausgedacht, um euch zu bremsen. Gerold Tandler war CSU-Politiker und vor vielen Jahren Innenminister in Bayern, behauptet jedenfalls Wikipedia.
Nicht sauer sein, aber ich war wirklich vollkommen fertig, als ich Deine Mail gelesen habe. Ja, und zugegeben, ich hatte schon eine Flasche Roten intus.

Das mache ich wieder gut, versprochen.
Eine Flasche 1992er Médoc ist schon unterwegs an Dich!

Entschuldigung,

liebe Grüße
Tobias

16. 4.
18:12

Wie konntest du so was nur tun?!! Hast du einen schimmer, was für einen schiss ich hatte?! Arne übrigens auch. Der hat eine ganze packung kohletabletten geschluckt, so einen durchfall hatte der vor angst, in den knast zu kommen.

Mag ja sein, dass du das nur gut gemeint hast. Aber so was kannst du doch nicht bringen, eine getürkte mail schicken! Ich bin ja bei jedem joke dabei, aber so was …

Diese fake-mails, das ist ja ne richtige manie bei dir, ständig lässt du diese dinger los, und ich muss dann sehen, wo ich bleibe. Mit dieser büchersache und den briefen an carola war's doch genauso.

Eigentlich müsste ich ja richtig sauer sein, aber du hast glück, heute habe ich superlaune.

Ich habe dir doch erzählt, dass ich mich noch mal mit agnes treffen musste. Und was soll ich sagen, surprise, surprise, das war total nett. Zuerst gab es natürlich ärger, wegen dieses buchs. Aber dann habe ich die hosen runtergelassen. Also nicht in echt. Ich habe ihr zwar nicht gesagt, dass diese ganze kinderbuchaktion eine lüge ist, aber ich habe zugegeben, dass ich als buchagent gar keine ahnung habe. Und auch keine kohle, um ihr einen vorschuss zu zahlen.

Natürlich war agnes sauer. Oder eher traurig, richtig geweint hat sie. Das tat mir dann ja doch leid. Ich habe versucht, sie zu trösten. Was soll ich sagen? Als entschuldigung habe ich ihr eine von meinen schmuckkollektionen geschenkt und sie zum essen eingeladen, nichts dolles, nur so ein halbinder im belgischen viertel. Aber agnes fand es super, das essen, das viertel, die ganzen leute.

Schließlich hat sie mir erzählt, dass sie in tübingen kunstgeschichte studiert hat. Anschließend wollte sie irgendwo in einem museum arbeiten. Hat aber nicht geklappt, jetzt jobbt sie im callcenter des südbadischen winzerverbandes und muss leuten in ganz deutschland wein andrehen. Macht ihr aber keinen spaß, deswegen wollte sie schriftstellerin werden. Schließlich, nachdem wir schon die dritte flasche von diesem indienschnaps getrunken hatten, hat sie mir verraten, warum sie das buch *eigentlich* geschrieben hat. Weil sie endlich von ihrer großen, heimlichen liebe bemerkt werden will, einem literaturprofessor in tübingen.

Na, da hatten wir natürlich unser gemeinsames thema. Sie ihren prof und ich meine carola. War ein ganz toller abend. Du hast völlig recht gehabt, das war richtig klasse, endlich mal mit einer frau über carola zu reden. Und du wirst es nicht glauben, genau wie du hat auch agnes gesagt, ich soll carola erst mal aufs wartegleis schieben. Umgekehrt habe ich agnes natürlich auch ein paar tipps gegeben, wie das mit den männern so ist. Keine ahnung, ob sie ihr helfen werden, aber immerhin, sie hat wieder gelacht. Ganz süß eigentlich, die ist gar nicht so verstockt, wie ich zuerst gedacht habe.

Mehr ist dann nicht gelaufen. Agnes hat mich am ende zwar so angeguckt und gefragt, ob wir bei mir noch einen kaffee trinken wollen, doch ich habe keinen kaffee mehr.

Morgen will agnes zurück nach tübingen. Vielleicht treffen wir uns vorher noch mal.

Bis bald, tobias, bleib sauber und mach bloß nicht wieder so einen scheiß!

Mike

PS: Du hast mir wein geschickt? Da bin ich aber mal gespannt! Bin ja nicht so ein kenner, hauptsache süß und es knallt, sagt arne immer, aber ich mag ihn gerne auch ein bisschen sauer.

16. 4.
22.13

Lieber Mike,

ich entschuldige mich noch einmal und verspreche, dass das nicht wieder vorkommt. Ich bin ein notorischer Spieler, das hat mich eine Zeitlang fast die Existenz gekostet. Vor einigen Jahren bin ich regelmäßig ins Casino gefahren, um zu zocken. Je öfter ich das tat, desto mehr wuchs in mir die Erkenntnis: Ich bin schneller, schlauer und aufmerksamer als 99% der anderen Spieler und Spielerinnen. Schlussfolgerung: Ich habe die Chance auf einen großen Sieg. Dann passierte mir das Schlimmste, was einem Spielsüchtigen passieren kann: Ich gewann 40.000 Euro an einem Abend! Wahnsinn! Ich weiß noch, wie ich ungläubig auf den einarmigen Banditen starrte, als der klingelte. Von allen Seiten stürmten andere Spieler auf mich zu, fragten, ob sie etwas abhaben konnten, andere wollten mich nur kurz berühren, wie einen Heiligen. Es war total verrückt, ich hatte so etwas noch nie erlebt. Kurz danach zogen mich zwei bullige Bodyguards aus der Menge, zahlten mir das Geld aus und eskortierten mich zu einem Taxi, das mit laufendem Motor vor der Tür wartete. Sie gaben dem Fahrer die Anweisung, mich nach Haus zu fahren und nicht vorher rauszulassen.
In den darauffolgenden Wochen verspielte ich nicht nur die 40.000, sondern legte noch einmal 60.000 drauf. Bis die Bank Ärger machte, Maybritt dahinterkam und mir mit Scheidung drohte. Da hörte ich auf, ohne Therapie,

einfach so. Ich habe ab da auch ein Jahr lang keinen Alkohol getrunken.
Was will ich damit sagen?
Es soll keine Entschuldigung sein, sondern nur eine Erklärung: Der Spieler kommt immer mal wieder in mir hoch. Was das Spielen um Geld anbelangt, habe ich das im Griff. Bei der BKA-Mail war er wohl wieder präsent (auch wenn es für einen guten Zweck war).

Lieber Mike, es spricht absolut für Dich, dass Du so gelassen darauf reagiert hast! Agnes scheint eine besänftigende Wirkung auf Dich zu haben. Habe ich es Dir nicht prophezeit? Rede mit einer Frau über Carola, dann wirst Du klarer sehen!

Meine Frau macht gerade ein Wellnesswochenende auf Sylt, mit Sauna, Spa, Pilates und allem Drum und Dran. Braucht sie einfach mal, sagt sie, sie sei gestresst.
Wovon?, frage ich mich.
Außer Antonia hat sie am Nachmittag nichts zu tun. Ich glaube, sie sollte sich eine Aufgabe suchen. Maybritt hat Kunstgeschichte und BWL studiert – was könnte es Sinnvolleres geben, als damit in den Kunstmarkt einzusteigen? Eine Galerie aufzumachen, Künstler gezielt zu fördern und damit Geld zu verdienen? Ich habe es ihr mehrfach angeboten, das zu unterstützen. Aber sie will sich nicht binden. Dann soll sie auch nicht meckern, dass ich immer spät nach Haus komme und sie so wenig von mir hat, finde ich, das ist Jammern auf zu hohem Niveau.
Wie Du siehst, habe ich auch meine Probleme.

Der Alltag ist der zweitgrößte Feind von uns allen.
Lass Dir den Wein schmecken!

Liebe Grüße von
Tobias

PS: Vielleicht hat Maybritt ja Lust, Deinen Kinderbuchverlag zu unterstützen, schicke mir doch mal die Texte von Agnes. Im Ernst, das wäre die verrückteste Verlagsgründung aller Zeiten und würde Dich in jede Talkshow bringen!

17. 4.
19:15

Hallo tobias,
du findest, du hast probleme, weil du deine spielsucht nicht beherrschen kannst und nur mal so zwischendurch 100.000 euro verjubelst? Oder weil deine frau keine galerie aufmachen will?

Mann, ich will dir mal von meinen problemen erzählen.

Heute morgen hat es an meiner tür geklingelt. Ich war ein bisschen überrascht. Ich hatte agnes am abend vorher noch zum mittagessen eingeladen. Kam sie jetzt etwa schon zum frühstück?

Ich war noch gar nicht vorbereitet. Die wohnung sah aus wie sau und ich auch. Ich hatte nur meine schlabbrigen boxershorts an, als ich dann die tür aufgemacht hab.

Und wer wars? Keine agnes, kein arne und auch keine carola (keine ahnung, ob die sich jemals wieder blicken lässt)!

Nein, es waren zwei bescheuerte reporter, die sofort mit ihren kameras rumblitzten und unbedingt eine reportage mit mir machen wollten. Du wirst nicht raten, weshalb …

In der zeitung express gibt es so eine rubrik, der/die idiot/en der woche, und dieses mal habe ich gewonnen, zusammen mit arne.

Ich habe dir doch von unserem kleinen ausflug zum dom erzählt. Wie ich heute erfahren habe, sind wir dort von einer überwachungskamera fotografiert worden. Auf dem bild zu sehen: ich, wie ich gerade auf die domtreppe kotze, und arne, wie er mit offenem maul in seinem wagen schläft. Auch die autonummer war bestens zu erkennen – alles perfekt in full hd!

Heute ist dieses bild auf der titelseite. Überschrift: die ferkel vom dom! Sehr witzig, was? Ich lach mich tot. Mein name steht nicht unter dem foto, trotzdem kann man mein gesicht super erkennen.

Seitdem steht das telefon gar nicht mehr still. Ständig rufen hier irgendwelche idioten an und machen ihre blöden witze, nicht nur freunde von mir, auch wildfremde leute. Keine ahnung, woher die alle meine nummer haben. Sogar mein chef vom copyladen war einmal dran und hat gemeckert, ich wäre eine drecksau.

Ja, ich und mein tolles leben. Da musst du wirklich nicht neidisch drauf sein. Du kannst schön den edelganoven spielen, fährst cary-grant-like mit einer gestohlenen yacht durch hamburg und kommst damit durch. Ich versuche auch mal ein kleines ding zu drehen, und jetzt bin ich der idiot von köln.

Richtig doof ist, dass agnes nicht gekommen ist. Keine ahnung, warum. Ob sie auch mein bild in der zeitung gesehen hat? Vielleicht hat sie sich ja geschämt. Anrufen kann ich sie nicht. Ich habe nur ihre nummer in tübingen, ihre handynummer hat sie mir nicht gegeben.

Wahrscheinlich ist sie doch schon wieder zurück nach hause gefahren …

Jetzt hätte ich wirklich bock auf deinen wein. Ist heute aber noch nicht gekommen. Hast du ihn auch an die richtige adresse geschickt?

Bis bald mal wieder
Mike

17. 4.
20:02

Hallo, Mike,
das ist eine Supergeschichte. Plötzlich hast Du Öffentlichkeit! Ist vollkommen egal, wieso. Lass es Dir von einem Medienprofi sagen: Nutze die wunderbaren Möglichkeiten, die diese Story bietet! Dann kommst Du endlich aus dem Klein-Klein mit Copyladen und halbem Studium heraus, und Dein Privatleben wird sich auch komplett verändern.
Wie das gehen soll als »Idiot der Woche«?
Ganz einfach!
Du zeigst Reue und putzt die Domplatte mit Seifenwasser (wichtig: Nimm irgendein Ökozeug, das biologisch abbaubar ist, nicht, dass es wegen solcher Details Ärger gibt). Natürlich machst Du das nicht einfach so, sondern Du rufst vorher den »Express« an. Denen erzählst du, dass Du angehender Kinderbuchverleger bist und findest, dass man zwar Scheiße bauen kann, aber dafür einstehen muss. Du liebst deine Heimat Köln, die Mannschaft des 1. FC sowieso, aber auch die Domplatte. Deswegen willst Du es wiedergutmachen, und zwar einen ganzen Tag lang (muss sein!). Du vergrößerst den Artikel aus dem Express in Deinem Copyshop auf Plakatgröße, klebst ihn auf ein Stellschild neben Dir. Daneben kommt ein kleines Campingtischchen, auf dem Passanten in einem Goldenen Buch ihre Kommentare abgeben können. Ich verspreche Dir, der »Express« wird diese Aktion lieben, schon weil er sie ausgelöst hat. Alle lieben reumütige Sünder, weil sie sind wie sie selbst.

Wenn Dein erstes Kinderbuch auf den Markt kommt, hast du sofort Publicity: »Erstes Buch vom Mann, der die Domplatte putzte.«
Ich meine es ernst.
Was ist nun mit den Texten von Agnes? Bekomme ich die?
Oder kannst Du Dir vorstellen, die »Fritztaun«-Geschichte meines verstorbenen Freundes zu veröffentlichen?
Bei Finanzierung und Details helfe ich Dir natürlich.
JETZT WIRD EIN NEUES KAPITEL IN DEINEM LEBEN AUFGESCHLAGEN!
WENN DU WILLST, MIKE, GEHT ES JETZT SCHNELL NACH VORNE!

Noch ein Wort zu meinen verspielten 100.000. 40.000 hatte ich gewonnen, wieder verspielt, die anderen 60.000 habe ich mir durch einen Kredit besorgt (teilweise Dispo). Damals habe ich netto 2.500 Euro verdient. Wir haben zwischendurch unsere Wohnung verloren, weil ich die Raten nicht mehr bezahlen konnte. Meine Spielsucht war also nicht die »Edelganoven-Nummer«, sondern richtig erbärmlich. Wenn Du Dich erinnerst, bin ich nicht mit dem goldenen Löffel zur Welt gekommen, sondern stamme aus der dreckigen Hafengegend.
Das Gefühl, wenn man auf der Straße liegt und kotzt, kennst Du ja.
Es ist alles andere als edel.

Noch einmal: Heute bekommst Du die Chance Deines Lebens. Das Zeitfenster, in dem Du handeln kannst, ist klein.

Rufe heute noch den »Express« an.
Rede mit Agnes über den Verlag.

Mit hoffnungsvollen Grüßen
Tobias
(Media Consultant)

18. 4.
14:00

Hallo, tobias,

also ich weiß nicht. Ich habe sonst ja jeden quatsch mitgemacht, das mit dem buch, mit der kindergeschichte. Ich finde das total nett von dir, dass du mir helfen willst, reich und berühmt zu werden. Aber dieses mal bitte nicht …

Ich hab mit arne darüber gesprochen. Der findet deine idee super, doch ich nicht. Sei nicht sauer, aber ich glaube nicht, dass das funktionieren kann. Damit kann man keine kohle verdienen, no way. Und selbst wenn es funktionieren würde, ich will nicht der idiot von köln sein. Bei jedem plakat hätte ich im kopf, was denken meine freunde, die kollegen, carola!! Nein, lieber nicht.

Dafür hat sich was ganz anderes ergeben. Agnes ist doch wieder aufgetaucht, auf einmal stand sie bei mir vor der tür. (Von dem express-artikel hat sie zum glück nichts mitgekriegt). Halt dich fest: Unser gespräch hat bei ihr einiges bewegt. Wer hätte das gedacht? Sie hat sich ihren roman noch mal angeguckt und festgestellt, dass er eigentlich nichts taugt. Ihren prof wird sie damit niemals kriegen, da ist sie sicher. Und was hat sie gemacht? Sie hat das ding einfach auf den müll geworfen, 300 handgeschriebene seiten weg. Krass, oder? Aus der buchsache wird jetzt erst mal nichts.

Ich fand das jetzt ein bisschen heavy, so viel arbeit umsonst. Aber egal, agnes meint, sie würde sich jetzt total befreit fühlen, ein neues leben würde für sie anfangen usw.

Dann hat sie gefragt, ob ich mit ihr ein paar tage wegwill, in die eifel, wandern, mit zelten und so. Sie will einfach mal raus aus der ganzen scheiße (so hat sie das nicht gesagt).

Und was soll ich sagen? Ich bin dabei. Nach dem ganzen durcheinander der letzten zeit kann ich ein bisschen chillen ganz gut vertragen. So gut kenne ich agnes zwar noch nicht, aber ich glaube, das kann ganz nett werden.

Also, ich bin dann mal weg. Aber nur für ein paar tage. Ich melde mich, wenn ich wieder back in town bin.

Lg
Mike

PS: Die flasche wein ist angekommen, supi, vielen dank, die nehme ich mit in die eifel.

22. 4.
14:12

Hi, tobias,

hat sich einiges getan. Das wochenende mit agnes war spitze. So viel gewandert sind wir zwar nicht, weil agnes schnell dicke blasen an den füßen hatte, und dann hatte ich auch noch heftigen durchfall. Der wein war's nicht, der war echt lecker. Ich glaube, die muscheln rheinische art, die ich in monschau gegessen habe, waren schon ein bisschen abgestanden. Ich bin auch selbst schuld, muscheln isst man eigentlich ja nur in monaten mit einem r am ende …

Egal, wir haben trotzdem spaß gehabt, schön gequatscht, die ganzen tage und nächte durch, mir ist immer noch ganz schwindelig. Agnes hat mir alles, wirklich alles erzählt, die ganze zeit hat sie geschnattert, von ihren eltern, von ihrer jugend, von tübingen, von ihrer lieblingsmusik (laurie anderson, kate bush, pj harvey, alles oldies aus deiner zeit, witzig was?) und natürlich von ihrem prof.

Aber auch ich hab ihr alles mögliche erzählt, natürlich von carola, von meinen berlin-erfahrungen (da will agnes unbedingt mal hinziehen), und sogar über dich haben wir geredet. Agnes war ganz begeistert, sie will dich unbedingt mal kennenlernen, also so persönlich, ich ja eigentlich auch.

Aber jetzt sind wir wieder zurück in köln, mehr frei wollte mir mein chef nicht geben.

Und rat mal, was ich zuerst gesehen habe, als ich mit agnes aus dem eifel-express gestiegen bin? In den zeitungskästen hingen überall fotos von – halt dich fest – arne!

Ich kann's nicht glauben, aber der hat doch tatsächlich beim express angerufen und dann ganz feierlich vor deren kameras die domplatte geschrubbt, das von dir empfohlene ökozeug hatte er aus der gärtnerei. Jetzt ist er hier tatsächlich so eine art star in köln. Der gute kerl aus kalk nennen sie ihn – schließlich war er ja nicht schuld an der kotze (sondern ich) – das konnte man auf diesem elenden foto ja ganz deutlich sehen. Trotzdem hat er es aufgewischt. In der zeitung stand, er hätte sich für mich geschämt und wollte einfach nicht akzeptieren, dass sein schönes kölle so beschmutzt wird. Fand ich natürlich schon ein bisschen fies von ihm. Aber dann habe ich ihn angerufen. Arne schwört, dass sich der reporter das ausgedacht hat. Die machen jetzt eine ganze serie mit ihm, unter dem motto: Der gute kerl von kalk räumt auf – obwohl arne gar nicht in kalk wohnt (ist ein stadtteil hier). Jetzt muss arne kaugummi auf dem ring (eine straße hier in kölle) abkratzen, graffiti von denkmälern abwischen, straßenbahnen von pommes- und wurstresten reinigen, bierlachen aufwischen. Dafür haben ihm die von der zeitung einen nagelneuen ford ka versprochen.

Unglaublich, deine idee hat also doch funktioniert. Wer hätte das gedacht?

So, jetzt muss ich aber schnell schluss machen. Frau fricke hat wieder angerufen, sie hat sich ein neues utta-danella-buch gekauft, ich soll wieder lesen, und danach habe ich dann die abendschicht im copyladen, na super …

Immerhin, agnes bleibt noch ein paar tage hier in köln (will sich ein paar ausstellungen anschauen). Vielleicht sehen wir uns noch mal. Ich habe dir ja erzählt, wie toll sie diesen inder fand.

Bis bald, viele grüße (natürlich auch von arne)
Mike

23. 4.
0:01

Mensch, Mike,

Das sind ja Neuigkeiten.
Es ist, wie ich gesagt habe: Das Leben sucht sich selber seinen Weg wie das Wasser von der Quelle zum Meer (wo ich mich gerade befinde, genauer gesagt in Westerland auf Sylt). Oder anders ausgedrückt: Mein Ball wird weitergespielt an Arne, und der von Dir zu Carola landet bei Agnes. Wie schön, dass ihr euch so gut versteht und quatschen könnt, glaube mir altem Mann, das ist genauso wichtig wie Sex. Du kannst es ja nicht den ganzen Tag zusammen treiben, und wenn man länger zusammen ist, erst recht nicht. Natürlich ist es wichtig und gut, wenn man sich im Bett versteht, aber ansonsten zählt in einer Beziehung – oft unterschätzt – die Freundschaft: worüber man gemeinsam lacht, wie man den Haushalt geregelt bekommt, überhaupt, wie man den ganzen Alltagsmist geregelt bekommt. In den Medien wird allein aus Auflagengründen der Sex gehypt: Wie oft in der Woche schlafen Frauen und Männer in den verschiedenen Völkern der Welt miteinander? Leistung, Leistung, Leistung – und ganz wichtig, sie muss messbar sein, wie lange, wie oft usw.
Wohlfühlen, Zeitnehmen? – Fehlanzeige.
Übrigens unterscheiden sich in den Statistiken die Angaben von Männern und Frauen, was die Häufigkeit anbelangt, erheblich .... Aber das fällt in den Medien natürlich unter den Tisch.

Klingt gut, eure Wanderung. Mein Vater ist übrigens in der Eifel geboren, in Prüm, Grüße an meine Wurzeln.
Maybritt und ich verbringen gerade ein Wochenende zu zweit auf Sylt (Tonia ist bei ihren Großeltern). Wir haben uns im größten 70er-Jahre-Bunker direkt an der Strandpromenade eingemietet, denn hier ist der einzige Ort, von dem aus man den Klotz nicht sieht. Ich sitze auf dem Balkon zur Seeseite hin, die Luft ist salzig und schmeckt nach Nordsee, man hört die Wellen gegen den Strand schlagen. Ganz hinten am Horizont schieben sich die Lichter eines großen Frachters vorbei.
Das ist für mich Glück.
Maybritt schläft schon.
Wir haben Wellness mit Sauna und Massage hinter uns und Zweisamkeit.
Mehr kann es nicht geben.
Weißt Du was? Gib Arne einfach meine Mail-Adresse, dann können wir Kontakt aufnehmen.

Eine gute Nacht wünscht Dir
Tobias vom Meer
(klingt wie adelig, stelle ich gerade fest).

24. 4.
19:02

Lieber Mike,

Maybritt hat mich eben zur Rede gestellt: wem ich da immer schreibe. Ob es eine Frau ist. Ich habe ihr die letzten Mails gezeigt, damit sie mir glaubt.
Warte, Maybritt will selber schreiben …

Hallo, unbekannter Mike, ich bin die Frau von Tobias, und ich dachte schon, Du bist eine dunkelhaarige Schönheit (ich bin nämlich blond), das heißt, vielleicht bist Du ja eine dunkelhaarige Schönheit, dann sollten wir uns unbedingt treffen. Ich bin 174 cm groß, blond, mittellanges Haar, und ich mag Kunst und … Ach, vergiss es, wir haben Champagner getrunken und eine Menge Spaß.
Habe es gut!
Deine Maybritt

Sorry, Mike, ich konnte nichts dagegen machen, uns geht es wunderbar!

Ahoi von der See
Tobi

25. 4.
20:00

Hallo, tobias,

du hast ja wirklich ein tolles leben, mal einfach so nach sylt mit deiner hübschen frau. Da könnte man schon neidisch werden. Bin ich natürlich nicht. Du hast es ja verdient, so hart, wie du arbeitest. Und sowieso, wie sagt man in köln? Man muss auch gönnen können …

Ich verstehe nur nicht, dass du ab und zu den rappel kriegst und unbedingt ausbrechen willst. Ich meine, deine hafenrundfahrt war schon cool, aber ich würde das paradies, in dem du lebst, bestimmt nicht aufs spiel setzen. Doch vielleicht würde ich mich im gegensatz zu dir auch nur viel zu dämlich anstellen und alles verlieren …

Soooo super war das in der eifel mit agnes übrigens auch nicht. Das heißt, es war schon nett, so mit quatschen, gute freunde und so, aber als wir die nächte so in meinem engen zelt hockten und deinen teuren wein getrunken haben, da hätte ruhig noch ein bisschen mehr passieren können, falls du verstehst, was ich meine.

Freundschaft hin, freundschaft her – es gibt da immer so einen moment, da muss man was riskieren. Meine mutter hat mal gesagt, die liebe kommt, wenn man auch mal den mut hat, was zu wagen, und das stimmt. Leider habe ich diesen moment ständig verpasst. Statt agnes in den wenigen ruhigen momenten mal casanovamäßig in die augen zu gucken und einfach mal in den arm zu nehmen, so ganz lieb eben, habe ich idiot immer nur noch weiter nachgefragt. Also so wie: Das ist ja interessant mit deinem strengen vater, was hat das denn für dich bedeutet? Ich bin so ein idiot …

Vor allem, weil agnes wohl auch nichts dagegen gehabt hätte, wenn ich ein bisschen dynamischer geworden wäre. Ich habe gesa (du weißt schon, meine kollegin aus dem copyshop) von meinem wochenende mit agnes erzählt. Die hat den kopf geschüttelt. Du loser, hat sie gesagt, warum hast du sie nicht einfach gepackt und geküsst? Gesa meint, agnes hätte nur deshalb so viel gequatscht, weil sie selbst auch zu schüchtern war, um den ersten schritt zu tun. Ob das wirklich stimmt? Ich bin mir nicht sicher, ich dachte immer, mit der richtigen frau kommt das ganz automatisch, egal, ob man schüchtern ist oder nicht. Man muss nur richtig vorbereitet sein, so war die letzten jahre ja auch mein plan mit carola. O mann, warum ist das mit der liebe immer so schwierig?

Apropos schwierig: So geschmeidig läuft es bei arne gerade doch nicht. Im moment hat er jedenfalls nur ärger. Die von der zeitung wollen, dass er überall saubermacht. Das problem ist aber, er soll nicht nur so tun, sondern muss richtig arbeiten. Nur ein beispiel: Hier gibt es so ein berühmtes puppentheater, das hänneschen, davor stehen zwei große figuren tünnes und schäl, die waren total mit graffitti beschmiert. Die sollte arne nun sauberwischen, was gar nicht so einfach war. Jedenfalls haben die von dem theater der zeitung erst dann die genehmigung für die fotos gegeben, als arne die blöden metalldinger wirklich sauber hatte. Drei stunden hat er sich da die finger wund geschrubbt! Der theaterdirektor und der reporter standen nur daneben und haben gemeckert, weil es so lange dauert.

Oder bei unserer straßenbahn. Arne musste in drei waggons bier und in einem sogar kotze aufwischen, dann erst war der fotograf zufrieden. So viel schufterei, und alles für lau. Gut, arne hofft, er kriegt den ford, aber was offizielles hat er noch nicht in der hand, und die fotos sind auch nicht so dolle, dass man damit angeben könnte. Meistens starrt arne nur völlig verschwitzt und total groggy von der zeitung. Mal sehen, was da noch kommt …

Na ja, das war's erst mal. Ich muss schon wieder zu frau fricke, sie ist ja eigentlich eine sehr nette alte dame (und ein überraschend großer fan von meinem schmuck, habe ich das schon mal erzählt?). Trotzdem, langsam wird es mit dem ständigen lesen doch ein bisschen lästig. Ich habe von utta danella jedenfalls erst mal die schnauze voll!

Vielleicht sehe ich morgen noch mal agnes. Seit unserem wochenende hat sie sich leider nicht mehr gemeldet. Wie doof, dass sie kein handy hat …

Lg auch an deine frau, die scheint ja wirklich sehr nett zu sein. Und viel spaß noch in sylt. Irgendwann will ich da auch mal hin. Aber no tengo dinero, du verstehst?

Mike

26. 4.
12:32

Mein lieber Freund Mike,

Mittagspause, endlich sind die Kollegen alle beim Chinesen zum Mittagstisch. Das Essen dort ist nicht schlecht, aber muss man immer dasselbe essen? Immer die gleichen Gespräche führen? Wie scheiße die Kunden sind? Die steigenden Preise und die Unfähigkeit der Politik? Fußball und Affären aus dem Büro?
Nein, ich bleibe lieber in meinem Büro und schreibe meinem Freund Mike. Die Sonne schiebt sich gerade über das leicht gekräuselte Wasser der Außenalster. Ganz großes Kino nach zwei Regentagen.
Wie wunderbar ist das alles, was ich von Dir höre!
Ich sage Dir, du machst alles richtig. Lieber mit den Frauen ein bisschen schüchtern sein als hau drauf und durch. Agnes wird auch Deine kleinen Gesten deuten können und sich hinterher ärgern, dass sie sich nicht klarer verhalten und aus Verlegenheit so viel geredet hat. Bei eurem nächsten Treffen wird euch beiden das bewusst sein. Sei offen für alle Zeichen – sie werden kommen!

Du besitzt hervorragende Antennen für Situationen, bist in der Lage, sie ungeheuer komplex wahrzunehmen. Es hapert vielleicht noch etwas an der Umsetzung, aber es ist mehr da, als die meisten Menschen zur Verfügung haben. Was Agnes übrigens deutlich zu spüren scheint – würde sie sonst mit einem Mann zelten fahren, der ihr vorgeflunkert hat, einen Verlag zu gründen? Lass es Dir von einem weisen, alten Mann gesagt sein: Bei Dir ändert sich gerade mehr, als Dir bewusst zu sein scheint!

Ich freue mich für Dich!

Solidarische Grüße von
Tobias

PS: Jetzt regnet es wieder, aber auch das ist großes Kino: Eine fette, schwarze Wolke schiebt sich vor die Sonne und löst sich auf, indem sie sich hemmungslos ausschüttet. Ich könnte den ganzen Tag nur aus meinem Bürofenster schauen, mehr bräuchte ich nicht. – Jaja, Mike, was soll das Gejammer, hast ja recht.

PPS: Was wäre, wenn Du Agnes ein Handy schenkst? Einfach mal so!

27. 4.
9:06

Hallo, tobias,

du wirst nicht glauben, was gestern abend passiert ist. Das war die absolut verrückteste, krasseste nacht meines lebens. Ich bin immer noch völlig geflasht.

Es fing damit an, dass ich mir mit arne einen von seinen kung-fu-filmen angeguckt habe. Na ja, richtig geguckt haben wir eigentlich nicht, arne hat die ganze zeit nur wegen dieser bescheuerten zeitungsaktion gejammert. Jetzt hat er seinen job in der gärtnerei verloren. Wegen des ständigen herumputzens war er so kaputt, dass er morgens seinen wecker nicht gehört und total verpennt hat. Dann gab's auch noch ärger mit dem reporter. Der wollte ihn zum friseur schicken, weil er findet, dass arne mit seinem zopf wie ein indianischer krieger aussieht. Arne wollte nicht, der reporter hat sich bei seinem chef beschwert, und schließlich haben sie ihn gefeuert, also arne, nicht den reporter. Klar, dass arne total down war, die ganze schufterei umsonst, und das auto kriegt er auch nicht. Schließlich ist arne schon um zehn nach hause abgehauen.

Aber jetzt pass auf: Kurz danach klingelt es, und wer steht vor der tür – carola! Sie kam einfach so rein und hat sich auf meinen sessel geworfen. Ich stand da wie ein tumber bär und habe meinen mund nicht mehr zugekriegt. Carola und ich haben bis jetzt bis auf diese sache mit frau fricke im hausflur kaum miteinander geredet, gesehen habe ich sie schon oft, so aus der entfernung, auf seminaren und so, aber mehr war da nicht. Und auf einmal sitzt sie bei mir in meinem zimmer, auf meinem abgescheuerten sessel!

Und mann – hatte die schlechte laune. Sie hat über alles gemeckert, über die »scheißspießerärsche« von der univerwaltung, über die polizei, über mich, meine »chauviattacke« auf frau fricke und meine »bescheuerte« kindergeschichte (sie sagt, sie hat sie immer noch nicht kapiert). Dann hat sie sogar über ihren freund geschimpft, unglaublich. Und ich saß nur so da und habe sie angeglotzt wie einen alien.

Dann wollte ich ihr einen tee machen und habe gefragt, was sie will. Da steht sie auf einmal auf, scheuert mir eine und faucht, ich soll endlich die schnauze halten und sie – jetzt kommt's – ficken (originalton carola!!). Das würde ich doch schließlich die ganze zeit wollen.

Willkommen in der matrix, dachte ich und habe keinen ton rausgekiegt. Aber das sollte ich ja auch nicht. Carola hat mich wie eine irre aufs bett geworfen und fing an, mich auszuziehen …

Keine ahnung, wie lange ich davon geträumt habe, wie viele nächte ich darauf gehofft hatte, einmal ihre helle haut zu berühren. Und jetzt lag sie neben mir, nein auf mir, und kratzte, knurrte und knuffte wie eine wildkatze. Aber ich lag nur da wie ein stock. Schon komisch: Obwohl ich so lange auf diesen moment gewartet habe, war es jetzt so, als wenn mein geist irgendwo unter der decke schwebte und von oben zuschaute.

Plötzlich, gerade als es *richtig* ernst wurde, hat es wieder an der tür geklingelt. Du willst doch nicht etwa aufmachen?, hat carola gefaucht. Ich muss, habe ich geflunkert, mir schnell was angezogen und bin dann zur tür.

Es war agnes! Sie war total am heulen. Ich wollte sie ja abwimmeln, aber sie kam einfach rein. Ich konnte sie gerade noch in die küche abdrängen. Da hat sie mir dann erzählt, dass sie mit ihrem prof schluss gemacht hat. Also, eigentlich hatten sie ja gar nichts miteinander, und er hatte wohl auch gar keinen schimmer, dass sie in ihn verknallt war. Trotzdem hat agnes ihn angerufen und ihm klargemacht, dass auch nie was mit ihm laufen wird. Das hat bei ihr wohl so einiges ausgelöst. Der ganze druck wäre auf einmal weg, hat sie gemeint, aber auch das gerüst, das ihr im alltag halt gegeben hätte. Ich habe nicht alles so richtig kapiert. Jedenfalls war sie völlig durcheinander und konnte sich überhaupt nicht beruhigen.

Da saß ich also mit der verzweifelten agnes händchenhaltend in der küche (bei einem tee!), während carola nackt in meinem bett auf mich wartete.

Endlich habe ich es geschafft, und agnes ist gegangen. Ich also zurück in mein zimmer, und da lag sie dann immer noch, carola, auf meinem bett, nackt. Mittlerweile war sie eingeschlafen. Endlich hatte ich gelegenheit, sie mir mal genauer anzuschauen. (Ich wollte lieber nicht das grelle licht anmachen, da habe ich arnes taschenlampe genommen.) Und was soll ich sagen? Ich war ganz froh, dass sie eingeschlafen war, denn eigentlich, ja, du wirst es nicht glauben, eigentlich wollte ich gar nichts mehr von ihr.

Was war nur los mit mir? Ich habe es einfach nicht kapiert. Carola ist eine tolle frau, wunderschön, mit einer makellosen figur. Wie sie da vor mir lag, sah sie aus wie eine römische statue, auch im gesicht. Ist dir schon mal aufgefallen, dass die immer so verspannt und ernst dreinschauen? Ich weiß nicht, vielleicht hatte carola gerade alpträume, aber so wie sie im schlaf das gesicht verzogen hat, sah sie aus wie eine getriebene, wie jemand, der eigentlich ganz woanders ist. Keine ahnung, wo, doch irgendwie passte sie nicht in mein unaufgeräumtes schlafzimmer. Kapierst du, was ich meine?

Jedenfalls habe ich carola schlafen lassen und mich selbst auf die couch gehauen. Natürlich habe ich kein auge zugekriegt. Irgendwann am morgen ist sie dann abgehauen, ohne was zu sagen. Ich habe lieber so getan, als wenn ich schlafen würde, und laut geschnarcht. Trotzdem, ich habe gesehen, wie sie mich kurz angestarrt hat. Keine ahnung, was das für ein blick war, gelächelt hat sie jedenfalls nicht.

Na ja, jetzt sitze ich hier. Meine augen brennen, weil ich nicht gepennt habe, aber es geht einfach nicht. Ich glaube, ich werde nie wieder schlafen können. Was ist nur passiert? Wieso hatte ich so plötzlich einfach keine energie mehr? Bin ich kein richtiger mann mehr? Was ist nur los mit mir? Vielleicht kannst du mir das ja erklären …

Lg
Mike

27. 4.
17:08

Was ist das alles für ein Chaos, Mike? Ich verstehe Dich nicht.
Die Wahrheit liegt doch vor Dir wie ein weißes Tuch!
Bist Du wirklich so beschränkt, dass Du sie nicht siehst?!
Ich verstehe auch Carola nicht: Sie muss eine Menge von Dir halten, andererseits ruft sie nur Deine niedersten Instinkte ab.
Und trotzdem hängst Du ihr immer noch nach? Eine römische Statue? Es ist nicht zu fassen! Wie verblendet bist Du eigentlich?!
Wo führt das hin?
In den Abgrund, wenn Du mich fragst.
Werde endlich erwachsen und steh zu Deinen echten Gefühlen. Dein Herz scheint mir viel weiter als Dein Verstand.
Du bist 28, mein Lieber, ist Dir das eigentlich klar? Muss man Dir die Wahrheit wirklich wie mit einer Bratpfanne einprügeln?
Nein, Du bist nicht impotent geworden! Nein, Du brauchst kein Viagra! Aber vielleicht eine Brille, damit Du endlich erkennst, dass Agnes die Richtige für Dich ist! Agnes, die extra aus dem Schwarzwald zu Dir kommt und mit Dir zum Zelten in die Eifel fährt! Agnes, die mit ihren Problemen bei Dir auf der Matte steht und verzweifelt deinen Rat sucht!
Und was tust Du? Denkst nur an Carola, der Deine Probleme und Gefühle scheißegal sind. Und von der Du genau wissen solltest, dass sie nur ein Spiel mit Dir spielt.

Aber Du merkst eben gar nichts.
Agnes hat mehr verdient.
Sei endlich ein Mensch.

Gruß
Tobias

27. 4.
21:05

He, hallo, tobias, wie bist du denn auf einmal drauf?!

Ich frag dich freundlich nach deiner meinung, erzähl dir hier von meinen innersten gefühlen, und du bist auf einmal so rotzig, warum das denn?

Ja, ich gebe ja zu, ein paar dinge sehe ich im moment wirklich nicht ganz klar. Ich bin eben ein bisschen durcheinander. Und warum? Weil ich ständig auf deine komischen psychospielchen eingehen muss. Vielleicht hätte carola ja ganz anders reagiert, wenn du sie nicht ständig mit diesen geschichten bombardiert hättest!? Eigentlich hatte ich nämlich einen ganz guten masterplan. Aber dann kamst du dazwischen. Ich weiß, du wolltest mir helfen, aber so hat es ja wohl nicht geklappt.

Und überhaupt! Hast du gerade so viele obercoole colaprojekte am laufen, dass du nicht mehr richtig lesen kannst? So eine hohle nuss, wie du behauptest, bin ich doch gar nicht!!! Ich habe es dir doch geschrieben, carola hat mich an diesem abend gar nicht wirklich interessiert! Mit wem habe ich denn die ganze zeit in der küche gesessen? Mit agnes!

Ja, ich gebe zu, ich habe die ganzen monate davon geträumt, carola ganz eng bei mir zu haben. Das ist doch normal, jeder hat solche dinge im kopf, wenn er oder sie alleine nur mit seinen gedanken im bett liegt, oder? Aber als sie jetzt auf einmal so vor mir lag, ging's einfach nicht mehr. Wer weiß, vielleicht liegt es ja wirklich an agnes. Und ja, vielleicht bin ich wirklich ein idiot.

Falls es dich interessiert: Ich habe carola heute in der uni getroffen, in der mensa. Sie hat mich nicht mit dem arsch angeschaut. Stattdessen hat sie wieder mit ihrem gorillafreund rumgefummelt. Ich stand da wie ein vollidiot.

Aber agnes ist weg. Leider hatte ich ja keine gelegenheit, ihr ein handy zu geben. Anrufen ging nicht. Also bin ich zu der adresse, die sie mir gegeben hat. Eine freundin von ihr hat mir verraten, dass sie heute morgen zurück nach tübingen gefahren ist. Genaueres wusste sie auch nicht, nur dass sich heute morgen ihr prof noch mal gemeldet hätte. (Versteh gar nicht, warum sie dem ihre telefonnummer gegeben hat und mir nicht!) Darauf wäre sie dann sofort los. Na toll!

So sieht's also aus: alles doof. Da muss ich mir nicht auch noch dein klugscheißergerede anhören.

Tschö
Mike

28. 4.
8:15

Hallo, Mike,

hatte gestern Abend wohl zu viel getrunken. Tut mir leid wegen meines harschen Tons. Aber in der Sache nehme ich nichts zurück! Mann, wach endlich auf! Ich meine es ja nur gut mit Dir.

Gruß
Tobias

28. 4.
8:22

Hallo, Mike,

vielleicht ist es gut, wenn wir einfach mal Pause machen. Ich verdrücke mich in mein Leben und Du in Dein Leben. So, wie es vorher war. Was ist schon passiert? – Nichts doch, oder? Wozu strampeln, wenn man festen Boden unter den Füßen hat?

HG
Tobias

28. 4
12:10

Ja, gut, machen wir eine pause. Ist ja auch ne zeitfrage, dieses ständige hin-und her-mailen, wo du doch immer so viel zu tun hast …

Bis irgendwann mal wieder
Mike

PS: Ach ja, arne lässt fragen, ob du nicht zufällig einen job für ihn hast. Er hat seinen ja jetzt verloren und ist völlig pleite.

3. 5.
17:03

Hi, tobi,

ich bin's wieder. Du wirst nicht glauben, was passiert ist, es hat sich einiges getan. Agnes ist wieder da – und wir sind zusammen! Ja, sie war schon auf dem weg zurück nach hause, und ja, sie wollte zu ihrem professor. Aber dann ist ihr auf halber strecke klar geworden, dass er eigentlich doch nicht der richtige ist, ja niemals der richtige sein kann! Was weiß er denn schon über sie? Nichts. Und wer weiß alles über sie? Icke.

Sie ist mir richtig an den hals gesprungen, ich war total überrascht. So was hat bei mir noch nie eine frau gemacht. Zuerst war ich schon ein bisschen verwirrt. Aber dann habe ich mir gesagt: He, das ist jetzt so ein moment, da musst du zupacken, wenn nicht, dann beißt du dich dein ganzes leben in den hintern. Na, auf einmal habe ich geschwitzt wie verrückt, gezittert und gestottert. Agnes hat sich schon sorgen gemacht, ob ich fieber habe. Dann habe ich zugepackt, so ganz lieb, wie im film eben, und habe sie geküsst! Auf den mund!!

Mann, das ist so abgefahren! Ich bin verliebt. Und wem habe ich das zu verdanken? Dir und dieser idee mit dem verlag. Schön, das hat alles nicht geklappt, aber ohne dich hätte ich agnes nie getroffen. Ich habe ihr alles von dir erzählt, sie will dich unbedingt kennenlernen. Sie hat auch deine geschichte gelesen, also, diese krangeschichte von deinem freund. So richtig kapiert hat sie

sie auch nicht. Eigentlich hat sie die gleichen anmerkungen wie carola, abgefahren, was? Egal, agnes findet das total nett, dass du dich so für deinen freund einsetzt. Süß von ihr, oder?

Und jetzt kommt's, überraschung, tataa: Wir sind in hamburg (bei meinem kumpel geert in billstedt) und wollen dich besuchen! Das heißt, wir wollten schon, aber ich muss die falsche adresse haben. Wir waren heute nachmittag bei dir in eppendorf, eppendorfer baum 23 (echt noble gegend, respekt!), wir haben deinen namen gesucht. Leider gibt es gar keinen fürstenberg! Hast du mir damals die falsche adresse gemailt? Bitte melde dich, ich habe meinen compi immer dabei. Wir wollen dich doch endlich mal persönlich kennenlernen.

Bis nachher, see you
Mike (und agnes)

4. 5.
11:23

Ich befinde mich auf dem Land nördlich von Hamburg, genauer gesagt, auf einem Gutshof, oder noch genauer gesagt, meinem Gutshof, den ich gerade gekauft habe. Ich habe die Stadt so was von satt, die Menschen dort kommen mir immer mehr vor wie eine Art offene Psychiatrie. Die Kranken sind nach Stadtteilen verteilt, wie auf Stationen. In Eppendorf wohnen die Manischen, in Winterhude die Depressiven, und in der Schanze hausen die Schizophrenen.
Völliges Chaos, wohin man schaut.
Der Mai ist aus der Stadt geflohen, hier hinaus. Es riecht nach Mai, es fühlt sich wie Mai an, es ist Mai.
Das Herrenhaus hat 10 Zimmer, muss alles noch renoviert werden, mit Energiepass und allem. Das wird mein Lebenswerk, dafür soll Tonia mich mal adeln, Fürst von Fürstenberg. Wenn ich aus dem Fenster schaue, sehe ich einen Kirchturm. Von dort wird jeden Samstag um 18:00 Uhr der Sonntag eingeläutet. Ich hatte fast vergessen, dass es so ist.
Wir hätten schon viel früher die Stadt verlassen sollen. Was tut man sich nur an!

Es ist

4. 5.
15:04

Hi, tobias,

du lebst also doch noch. Ich habe mich schon gefragt, wo du geblieben bist.

Du bist mit deiner familie aufs land gezogen, auf einen gutshof? Wow, du musst ja wirklich im geld schwimmen, aber ich gönne es dir ja.

Was ich nicht so ganz kapiere, ist dein hass auf die stadt im allgemeinen und dein altes veedel im speziellen. Schon ein bisschen krass, findest du nicht? So schlimm ist es in hamburg doch gar nicht! Ganz im gegenteil!

Agnes und ich waren heute wieder da, also in eppendorf und haben geguckt, ob wir dich doch noch finden (deine e-mail hatte ich da noch nicht gelesen). Hat natürlich nicht geklappt. Immerhin, einer konnte sich an dich erinnern, so ein ganz netter verkäufer in einem kiosk. Er meinte, früher wärst du stammkunde bei ihm gewesen, hättest immer bier und zeitung bei ihm gekauft. Aber seit mindestens einem halben jahr hätte er dich nicht mehr gesehen. Ich habe ihm gesagt, du bist eben viel unterwegs, in london, grönland und so.

Also, noch mal zu deinem eppendorf. Uns hat es da wirklich super gefallen. Nachdem wir dich nicht getroffen hatten, sind wir noch ein bisschen rumgebummelt, haben einen kaffee getrunken und sogar ein bisschen geshoppt. Was wir ganz toll fanden, war dieser markt unter dem u-bahn-gestänge in der isestraße. Richtig gemütlich. Was für stände es da alles gab, so bunt sieht es bei mir in köln nicht aus! Ja, und die leute da, denen sieht man schon an, dass sie nicht im arbeitsamt schlange stehen, aber trotzdem, die waren total cool & easy drauf. Diese psychos, von denen du erzählst, haben wir hier gar nicht gesehen.

Aber was quatsche ich hier die ganze zeit? Tut mir leid, ich bin eben rheinländer, die können nie die klappe halten.

Also, wir sind immer noch in hamburg und wollen dich immer noch besuchen. Wir sind mit agnes' golf hier, sind also mobil. Oder kann man zu deinem gutshaus auch mit der u-bahn oder mit dem bus? Wir haben uns eine wochenkarte gekauft!

Leider hast du ganz vergessen, uns deine neue adresse zu mailen. Wir wissen noch nicht einmal, in welchem ort du wohnst!

Vielleicht liegt es ja auch daran, dass bei uns nicht deine ganze mail angekommen ist. Zu früh auf enter geklickt, was?

Also, tobi, wir warten auf nachricht von dir. Noch sind wir eine ganze weile hier. Wir fahren erst wieder weg, wenn wir dich und deine familie persönlich kennengelernt haben – das ist eine drohung!

See you soon
Mike (und agnes)

5. 5.
16:06

Hallooooo, tobias,

bist du irgendwo da draußen? Meld dich doch mal!!

Ich habe schon versucht, dich auf deiner alten handynummer zu erreichen, aber da geht immer nur die mailbox dran.

Komm schon – wo steckst du? Wir bringen auch blumen mit, wenn wir kommen.

Bis hoffentlich bald
Mike

5. 5.
22:11

Och, Mensch, Mike,

das ist ja blöde, ich bin gar nicht in der Stadt. Maybritt und ich sind mit der Lütten an die Ostsee gefahren, weil in unserem Hof die Böden aufgestemmt werden und man es vor Lärm nicht aushält.
Das wäre eine tolle Gelegenheit gewesen, Dich mal persönlich kennenzulernen. Es wird nicht die letzte Möglichkeit bleiben, hoffe ich.
Ich freue mich, dass Dir und Agnes Hamburg so gut gefällt. Ich selbst bin ganz froh, endlich mal nicht immer die gleichen Gesichter zu sehen. Mitten in der Natur – da fühle ich mich im Moment am wohlsten! Die Stadt, der Verkehr und der ganze Stress können mir gestohlen bleiben.
Aber bitte, wenn es euch gefällt, dann wünsche ich euch viel Spaß.

Herzliche Grüße,
auch an Agnes unbekannterweise
Tobias

5. 5.
22:24

Ach ja, mein Handy ist im Eimer, und ich will hier an der Ostsee mal einfach ohne sein (das erste Mal seit 20 Jahren)

LG
Tobi

6. 5.
13:01

Ja, tobias, das ist ja wirklich doof. Da sind wir schon mal hier oben im norden, und du bist ständig unterwegs.

Aber noch geben wir nicht auf. Wir fahren nicht zurück, bevor wir nicht wenigstens einen kaffee mit dir getrunken haben. Wir kommen auch gerne zur ostsee (da waren wir beide noch nie, erschütternd, was?). Aber leider hast du schon wieder keine adresse geschickt. Für einen top-manager bist du manchmal ganz schön vergesslich, mein lieber. Oder hast du angst vor uns?

Also, wir sitzen hier in hamburg und hoffen, bald von dir zu hören.
Übrigens, ich habe mir ein neues handy gekauft (damit agnes mein altes kriegen kann). So ein smartphone, nobel, was? Jetzt kann ich meine e-mails auch von unterwegs checken und sogar welche schreiben. Und es hat ein navigationssystem. Wir brauchen also nur noch deine adresse, dann setzen wir uns in agnes' golf und finden dich!

Bis bald
Mike

7. 5.
1:15

Hallo, tobias, wie schade, dass du dich immer noch nicht gemeldet hast. Noch hätten wir morgen zeit für einen ausflug an die ostsee.

Aber vielleicht gibt es ja einen grund, warum du dich bei uns nicht melden willst …

Heute waren agnes und ich ganz schön unterwegs. Zuerst am hafen, hafenrundfahrt, so was. Dann sind wir kurz durch st. pauli, nur kurz, weil später nachmittag vielleicht nicht die richtige zeit ist, um über die reeperbahn zu gehen. Danach sind wir über das schanzenviertel wieder nach eppendorf, sind ja nur drei stationen mit der u-bahn weiter. Schon cool, wie dicht chaos und kohle in hamburg beieinanderliegen.

Schließlich sind wir noch zu einem absacker in so eine kleine bar um die ecke, schramme 10. So eine medienkneipe, war aber trotzdem sehr nett. Die haben uns gefragt, warum wir nach hamburg gekommen sind. Da haben wir natürlich von dir erzählt.

Tja, was soll ich sagen, da haben sich einige auch an dich erinnert. Tobias fürstenberg, media consultant, klar, den kennen wir, der hat doch vor einem jahr pleite gemacht und auch danach nichts mehr gerissen. Das kann nicht sein, habe ich gesagt und ihnen von deinem gutshof erzählt, aber da haben die nur gelacht. Nie und nimmer, meinte einer, der wohl auch mit dir zusammengearbeitet hat (wie doof, dass ich mir immer keine namen merken kann!!). Der fürstenberg kann froh sein, wenn ihm das finanzamt noch die klamotten auf dem leib lässt, hat er gesagt. Wir haben dann mit meinem neuen smartphone dein bild gegoogelt, um zu sehen, ob wir wirklich vom selben mann sprechen. So richtig gute fotos von dir gibt es da ja nicht, aber die haben dich trotzdem alle gleich wiedererkannt …

Tja, was hat das denn alles zu bedeuten? Kannst du mir das mal erklären? Hast du mich etwa angelogen? Nimm es mir nicht übel, aber langsam habe ich das gefühl, du willst mich verarschen.

Jetzt melde dich doch endlich mal!!

Bis dann
Mike

8. 5.
11:47

Lieber Mike,

das ist ja ein Ding, da hast Du alte Kollegen von mir getroffen. Ich wüsste ja zu gerne, wer das war? Holger? Das ist so'n Dicker mit einer Narbe auf der Wange und lockigen, grauen Haaren. Oder Ralf, der Altachtundsechziger mit ausgefranstem T-Shirt und abgegrabbelter Jeansjacke, der immer gegen den Kapitalismus wettert, die Linken wählt und Porsche fährt?
Kennst Du das alte Sprichwort: Viel Feind, viel Ehr?
Ich halte viel davon.
Ich weiß, dass ich viele Neider habe, die die wahnsinnigsten Gerüchte über mich in die Welt setzen. Vollkommen absurd. Ich war schneller als die alle. Ich habe ein neues Computerprogramm entwickelt, mit dem sich wichtige Abläufe in Media-Agenturen sehr vereinfachen ließen. Das wurde logischerweise mit Geld und einer besseren Position belohnt.
Die kommen alle mit meinem Erfolg nicht klar, aber das ist nicht mein Problem.

Ich komme vermutlich heute gegen 18 Uhr in die Stadt, dann melde ich mich. Dann siehst Du, dass ich lebe und wie gut es mir geht (gewichtsmäßig sogar etwas zu gut, behauptet meine Internistin).
Also, zieht weiter durch Hamburg, bis bald!

Dein old Tobias

9. 5.
10:05

Morgen, tobi,

oder soll ich sagen, das phantom? Schade, jetzt haben wir uns schon wieder nicht getroffen. Wo warst du denn??? Gestern abend haben wir die ganze zeit wie die doofen neben meinem telefon gehockt und auf deinen anruf gewartet. Was war denn wieder los? Warum hast du nicht angerufen, wenn bei dir was dazwischengekommen ist? Oder hast du eigentlich gar keine lust, uns zu sehen? Agnes war richtig enttäuscht, sie meint, so geht man mit freunden eigentlich nicht um. Vielleicht ist sie da etwas empfindlicher als ich, aber ein bisschen recht hat sie schon …

Mann, das ist echt bescheuert, dass ich immer noch keine telefonnummer von dir habe oder irgendeine adresse.

Na ja, trotzdem, vielleicht klappt es ja doch noch, wir geben die hoffnung immer noch nicht auf. Wenn wir schon mal in hamburg sind, müssen wir uns einfach sehen. Und so wie's aussieht, bleiben wir wohl noch eine weile. Der vater von meinem kumpel geert, der, bei dem wir pennen, ist letzte nacht abgetreten. (Vielleicht bin ich auch deswegen ein bisschen düster drauf. Jetzt muss geert natürlich erst mal nach hause und hat uns gefragt, ob wir so lange auf seine bude und vor allem auf schröder, seinen köter aufpassen.)

Also, wir sind weiter hier vor ort. Wenn du wieder nach Hamburg reinkommst, kannst du dich ja melden. bitte!

Viele grüße
Mike

9. 5.
10:10

Wenn es tagsüber regnet, wie jetzt, ziehe ich die Vorhänge zu. Regen ist ein wunderbares Geräusch, es verbindet Menschen, du hörst gerade denselben Regen wie ich, obwohl wir Kilometer voneinander entfernt sind, es ist dieselbe Wolke, dasselbe einende Geräusch, das sich über alle Geräusche der Stadt legt und sie einlullt und beruhigt. Der Regen macht alles gleich. Besser noch nachts, dann lasse ich immer das Fenster auf, auch im Winter, um es besser zu hören.

9. 5.
10:13

Als General der U.S. Army würde ich die Regenwolken abschießen und umleiten in die Sahara, die brauchen dort dringend Regen. Scheißungerecht.

9. 5.

10:15

Neben mir startet gerade ein Flugzeug, ein Airbus 380, das sind die zweistöckigen, größten Passagierflugzeuge der Welt. Made in Hamburg und Toulouse. Der Riesenvogel ist gleich über den Wolken in der Sonne. Während wir unten im Regen sind und die Sahara-Leute um Regen beten. Die Gleichzeitigkeit im Leben kann einen kirre machen, es kommt allein auf das richtige Timing an: Zur richtigen Zeit am richtigen Ort, das ist die einzige Wahrheit, die zum Überleben taugt. Nur, was ist, wenn man zur falschen Zeit am richtigen Ort ist? Oder zur richtigen Zeit am falschen Ort? Das kann in Wirklichkeit keiner beeinflussen, ich habe schon Giganten daran scheitern sehen.

Vielleicht gibt es bald nach uns Flugzeuge mit vier Etagen und mit 10.000 Sitzplätzen. Für Fußballfans zur Europe-Championship ein Traum. Das wäre wirkliche Globalisierung.

Jetzt ist der Vogel weg, und es ist wieder still. Bis auf den, der seine Gartenhecke mit einem leisen, elektrischen Heckenschneider schneidet. Und es riecht nach Grillkohle, geht es jetzt schon wieder los mit dem Terror? Die sollen mich in Ruhe lassen!

9. 5.
16:02

Hallo, tobias,

alles klar bei dir?
Hast du heute morgen was geraucht? Oder bist du bei einem frühschoppen versackt?

Ich bin fast umgefallen, als agnes mich heute nachmittag auch mal wieder an den rechner gelassen hat, damit ich meine mails checken kann. Was war denn los mit dir? Erst meldest du dich nicht, und dann schreibst du so einen mist? Oder gehört das wieder zu einem deiner bücher, und du hast es nur an die falsche adresse gemailt?

Mann, ich mache mir ein bisschen sorgen um dich. Jetzt wäre es wirklich gut, wenn ich deine phonenumber hätte. Die musst du mir endlich geben, bitte, bitte!

Also, ruh dich schön aus. Wo ist denn deine frau? Sag ihr, sie soll dir einen starken kaffee machen, mit zwei chilibohnen und einer prise schwarzem pfeffer. Das hilft garantiert, wenn man nach ein bisschen sauferei/kifferei wieder klar in der birne sein will. Ich habe da meine erfahrung.

Und danach meldest du dich wieder, okay?

Bis bald
Mike

9. 5.
19:05

Hallo, tobi,

ich bin's noch mal,

war gerade zum zweiten mal mit schröder draußen im strömenden regen. Wusstest du, dass hunde durchfall haben können? Vielleicht liegt es ja daran, dass sein herrchen nicht da ist oder dass wir ihm das falsche futter gegeben haben. Jetzt will der köter die ganze zeit raus und schafft es gerade mal von einem baum zum nächsten.

Aber reden wir lieber über die wichtigen dinge. Also … deine letzte mail kam agnes ja auch ein bisschen komisch vor. Und dann war da ja auch noch unser abend in eppendorf, also, der wo wir in dieser schramme-kneipe eigentlich ganz nett geplaudert haben, auch wenn du meinst, dass das alles idioten waren. Der eine hieß tatsächlich holger und war ein bisschen dicker, arbeitet irgendwo in einer pr-agentur in ottensen, aber das weißt du ja bestimmt. Einen porsche hatte der nicht, nur einen passat. Er hat gesagt, in den medien sind die fetten jahre vorbei, er muss auch sehen, wo er bleibt, einen sportwagen kann er sich nicht leisten. Er und agnes haben ganz nett geplaudert, und weil er vielleicht irgendwann mal einen job für sie haben könnte, hat holger ihr seine telefonnummer gegeben.

So, und weil wir uns doch solche sorgen um dich machen, nur deshalb hat agnes den holger angerufen und mal gefragt, ob er nicht ein bisschen mehr über dich erzählen oder rauskriegen könnte …

Ich nehme an, du gehst gerade an die decke. Wie gesagt, es war agnes' idee, aber ich gebe zu, ich habe sie auch nicht davon abgehalten.

Jedenfalls war der holger ganz nett, und er hat sich auch gefragt, ob es dir gutgeht. Er hat dann ein paar anrufe gemacht. Schließlich hat er sich wieder gemeldet und erzählt, dass du … nun ja, definitiv pleite bist. Dass du vor einem jahr in die insolvenz gegangen bist und dass du tatsächlich versucht hast, mit einem computerprogramm wieder auf die beine zu kommen. Aber dass auch das nicht geklappt hat und du mit deiner familie sogar aus deiner wohnung in eppendorf ausziehen musstest …

Mehr hat er auf die schnelle nicht rausbekommen. Mann, tobias, ich bin immer noch total geflasht, ich weiß gar nicht, was ich sagen soll. Ist das wirklich wahr??? Bitte, melde dich endlich, wir müssen uns unterhalten, dringend!!

Bis dann
Mike

10. 5.
11:03

Verehrter, lieber, lieber Mike,

o ja, das böse Wort »Insolvenz« jagt vielen Angst ein, viele verwechseln es mit Pleite und Apokalypse, unter uns: Es ist nur ein taktischer Haken, den ich da geschlagen habe. Auf dem Papier hat meine Frau eine neue Firma gegründet und mich als Geschäftsführer eingesetzt. Ich werde den gesamten Media-Markt mit einem ganz neuen Programm neu definieren, da können sich Holger und die anderen Säufer in der Schramme schon mal warm anziehen. Dieses Programm ist nicht nur auf den piefigen Nationalmarkt zugeschnitten, sondern funktioniert weltweit.
Verstehst du, weltweit!
Dritte Welt, USA, Russland, sogar China werden es anwenden, und jedes Mal wird Onkel Tobias seine Lizenzgeber-Tatze aufhalten.
Ich werde Dir mal einen Link schicken zu einer Villa an der Côte d'Azur, Maybritt hat sich unsterblich in diese Immobilie verliebt, direkt am Meer, unverbaubarer Blick. Ich kann von überall aus arbeiten – warum soll unser Kind nicht in Frankreich aufwachsen? Hier denken alle viel zu klein, von A nach B kommt man manchmal eleganter und nachhaltiger über C, aber das kapiert hier keiner, was natürlich mein Vorteil ist.
Ich hätte keine Hemmungen, diese ganze Microsoft-Bagage anzugreifen, die kochen auch nur mit Wasser. Und wenn sie mich aufkaufen wollen, umso besser.

Ich werde nur noch auf meinem Stuhl sitzen.
Auf dem Sonnendeck.
Nichts, aber auch gar nichts kann mich mehr aufhalten, niemand, der sich mir entgegenstemmt, bis zum großen Untergang, der auf uns alle wartet.
So gesehen ist es nur ein Spiel.
Tobias tut nichts, der will nur spielen, aber das wird er brillant tun, ohne Hemmungen, und er wird siegen!

Herzliche Grüße an alle!
Diese Mail kannst Du ruhig veröffentlichen, sie wird vielen den Blick öffnen,

Tobias

10. 5.
20:31

Hi, tobi,

tut mir wirklich leid, aber jetzt müssen wir mal ernst miteinander reden.

Nach deiner leicht verwirrten (sorry...) computerprogramm-mail, bei der du leider wieder keine phone number oder adresse geschickt hast, sind agnes und ich heute noch mal mit der U1 nach eppendorf gefahren. War nicht ganz leicht, aber schließlich haben wir deine alte vermieterin gefunden, frau kühne. Ist ja so ein typ wie frau fricke. Zuerst war sie ja ziemlich anti, vor allem zu mir und vor allem, als ich sagte, ich wär ein freund von dir.

Schließlich haben wir rheinländer das eis aber doch gebrochen, und wir durften sogar in ihre nach katzenpisse stinkende wohnung (genau wie bei frau fricke!). Zwei stunden mussten wir auf ihrem sofa hocken, harte kekse runterwürgen und uns ihr gequatsche über ihren verstorbenen mann (einen parfümvertreter) und ihre missratenen kinder anhören (alle in amerika). Aber auch über dich haben wir geredet. Ich will mal lieber nicht ihr ganzes getratsche wiederholen. Wie auch immer, sie hat uns alles bestätigt, was dein »freund« holger schon herausgefunden hatte.

Wir haben sie nach deiner adresse gefragt. Die wüsste sie auch gerne, meinte frau kühne, sie hätte dich auch schon überall gesucht bzw. suchen lassen. Frau kühne ist ziemlich sauer, weil du ihr immer noch die miete für fast ein halbes jahr schuldest, fast 12.000 euro!! Sie sagte, du hättest dich vor einem jahr über nacht einfach davongemacht und die wohnung in einem saumäßigen zustand zurückgelassen, die renovierung hätte sie noch mal 10.000 euro gekostet.

Und noch was: Frau kühne sagte, deine frau und deine kinder wären schon monate vorher ausgezogen. Auch nach ihnen hätte frau kühne gesucht, sie aber leider nie gefunden …

Tobi, mein freund, tut mit echt leid, dass wir so in deinem private life herumwühlen, doch wir machen uns echt sorgen. Was ist mit dir los? Wo ist deine familie? Und wo bist du?

BITTE SCHICK MIR ENDLICH DEINE TELEFONNUMMER!!

Wir müssen reden!

Bestimmt bist du total genervt, aber wir wollen dir helfen, das musst du uns glauben!!

Mike

11. 5.
00:07

ICH KANN NICHT MEHR UND ICH WILL NICHT MEHR!
JA, ICH HABE GELOGEN.
Du bekommst es sowieso heraus, Mike, Dir kann ich nichts vormachen.
Ich war nicht in London bei Coca-Cola, habe kein Syltwochenende mit Maybritt verbracht und keinen Gutshof gekauft.
Ich hätte das alles getan, wenn es anders gekommen wäre.
Meine letzte Reise war die zu einem sinnlosen Vorstellungsgespräch in Berlin, auf der wir unsere Laptops vertauscht haben. Ach ja, und die Fahrt zu Dir, mit meinem letzten Geld.
Auch das Boot habe ich nicht geklaut, ich hätte es gerne getan, aber so viel Mut besitze ich nicht.
Ich bin bankrott, habe riesige Schulden bei der Bank und bei Freunden.
Ein paar geschäftliche Fehleinschätzungen, die verdammte Spielsucht, mit der ich alles retten wollte – das hat mir das Genick gebrochen. Eines Morgens waren alle Konten und Karten gesperrt, und wir konnten nicht mal mehr Milch für unser Kind kaufen. Maybritt ist an diesem Morgen zu ihren Eltern gezogen.
Ich habe weiter alle belogen und immer noch auf großen Macker gemacht, als längst alles zu Ende war.

Tut mir leid,
Tobias

11. 5.
9:03

Mann, tobi, ich bin platt, mir fehlen die worte …

Das war alles gelogen?? Das mit london, mit deinen vielen coolen jobs, mit deinen häusern, das ist alles gelogen??? Deine autos, diese Frau und deine Tochter, die gibt es alle nicht?

Unglaublich, das ist echt krass.

Gut, ich gebe zu, am ende war ich schon ein bisschen misstrauisch. Habe mir schon gedacht, dass nicht alles wahr ist. Das mit dem gutshaus war schon ein bisschen dicke. Aber dass du nun wirklich die ganze zeit nur geflunkert hast … Mann, ich fasse es echt nicht ...

Ich muss das erst mal verdauen. Und dann wecke ich agnes, das wird sie umhauen, da bin ich ganz sicher …

Ich melde mich.

Mike

11. 5.
11.05

Mein Lieber,

ich muss etwas klarstellen: Alles war nicht gelogen! Was ich geschrieben habe, ist fast alles wahr – nur zu einer anderen Zeit.
Erinnerst Du Dich an die »Fritztaun«-Geschichte, die ich in Deinem Namen an Carola geschickt habe? Die hat nicht mein ominöser, verunglückter Freund geschrieben (den es nicht gibt, sorry dafür), sondern ich – für Antonia zum 8. Geburtstag. Maybritt hat mir das Paket mit meinem selbstgebundenen Buch ungeöffnet zurückgeschickt.
Ich hatte wirklich eine tolle Frau namens Maybritt und eine Tochter. Beide habe ich seit über einem Jahr nicht mehr gesehen. Maybritt ist mit Antonia in die USA gezogen. Ich würde alles tun, um wenigstens meine kleine Antonia wiederzusehen, ich würde mich an die Tragfläche eines Flugzeugs hängen, wenn das möglich wäre. Aber keine Chance! Maybritt wünscht keinen Kontakt. Und ich habe nicht die Kraft und das Geld, das mit einem Gerichtsverfahren in den USA durchzusetzen.
Es war wunderbar, mich mit Dir auszutauschen!
Du hast mir das Gefühl gegeben, gebraucht zu werden. Ein letztes Mal durfte ich Tobias Fürstenberg, der Berater, sein, der ich Jahrzehnte war. Ich hoffe, ich konnte dir hier und da ein bisschen helfen, für andere sieht man Problemlösungen ja immer klarer als für sich selbst.
In meinem Bemühen, Dir zu helfen, habe ich Dich nie belogen!

Immerhin hat es Dich zu Agnes geführt. Darüber freue ich mich sehr.
Kümmere Dich um sie, sei aufmerksam – sie ist das Wichtigste auf der Welt.
Ich habe gedacht, ich müsste mich überall beweisen, im Job und überall. Das Wichtigste, meine große Liebe, ist dabei auf der Strecke geblieben.

Ein Handy habe ich nicht mehr, sonst würde ich noch einmal anrufen. Also dann schriftlich: Du bist ein Guter, Michael Mike Gerlach, gehe Deinen Weg weiter, vertraue Deinen Instinkten. Du hast alles, was man braucht, um ein hervorragendes Leben zu führen.

Mach's gut,
Dein Tobias

11. 5.
12:01

Menschenskinder, tobi,

ich weiß gar nicht, was ich denken soll. Dich bewundern, weil ich überhaupt nichts von der vielen flunkerei gecheckt habe. Oder sauer sein, weil du mich so lange verarscht hast.
Andererseits meint agnes, dass wir uns ohne dich wohl nie kennengelernt hätten. Da würde ich immer noch wie bescheuert carola hinterherrennen. War also schon gut, dass ich dich im zug getroffen habe.

Also, ich will deine geschichte jetzt nicht mit so was vergleichen. Ich finde nur, man sollte keine zeit mit meckern verschwenden und die kirche im dorf lassen, verstehst du, was ich meine? Am besten treffen wir uns endlich mal und trinken ein bierchen zusammen. Bestimmt lachen wir am ende nur über alles. Wer weiß, vielleicht kann ich dir sogar ein paar tipps geben, wie du wieder auf die beine kommst.

Verdammt, wo bist du? Jetzt kannst du es ja sagen. Und keine angst, wir reißen dir schon nicht den kopf ab!

Viele grüße an das »phantom«
Mike

11. 5.
15:04

Lieber Mike,

Du bist wirklich ein Guter.
Wenn es den Nobelpreis für Blender gäbe, ich würde ihn wohl bekommen. Das war schon immer so, ich habe allen etwas vorgemacht, im Job, Maybritt, Antonia – und am meisten mir selbst.
Ich hocke hier in meiner Hütte und bin dabei, mich zu nullen: Ich fahre alle Systeme in mir herunter, Speicher werden gelöscht oder komprimiert. Damit ein Vakuum entsteht, in dem sich das Neue ausbreiten kann. Ich schlafe tagsüber und bin nachts der Wächter.
Es ist ein Übergang von einer Existenz in die nächste.
Meine Tochter ist weg, Maybritt auch.
Keinen Trost zu bekommen bedeutet auch, keine Gnade empfinden zu müssen für den Gegner.
Ab jetzt gehe ich alleine.

Bereit für den Übergang,

Tobias

11. 5.
19:03

Mann, tobi, was redest du denn da für einen müll? jeder kann mal eine schwächephase haben, glaub mir, mit so was kenn ich mich aus. Okay, bei dir dauert es vielleicht ein bisschen länger, aber trotzdem, man sollte die hoffnung nie verlieren, irgendwann scheint auch für dich wieder die sonne. (Apropos: Ist so ein scheißwetter normal für hamburg? Hört ja überhaupt nicht mehr auf zu schütten! Selbst schröder will nicht raus, aber er muss, du weißt schon, seine verdauung.)

Vielleicht hattest du bis jetzt ja auch nur nicht die richtigen freunde. Jetzt hast du ja mich – und agnes. Und arne! Ich habe ihm von deinem fall erzählt, er war natürlich auch erst mal völlig baff, aber dann hat er sogar gelacht. Er meint, er will sich mal was einfallen lassen.

Genau wie agnes und ich. Wir haben mal ein bisschen im internet gestöbert. (Was soll man bei dem regen auch sonst machen?) Im mediengeschäft gibt es doch jede menge jobanzeigen. Sollen wir dir mal was raussuchen?

Liebe grüße
Mike

PS: Du wohnst also in einer kleinen lauschigen hütte? Wie diogenes in der tonne oder was? Wo genau denn? Sag doch endlich mal deine adresse. So wie's aussieht, bleiben wir noch eine weile hier. Also kopf hoch, wir kriegen dich schon wieder auf die schiene!

11. 5.
19:30

Lieber Mike,

heute bin ich nach langer Zeit das erste Mal wieder sehr, sehr glücklich!
Aller Ballast ist weg, ich fühle mich so frei wie damals als kleines Kind.

Glücklich
Tobias

12. 5.
9:45

Tobias!!! Was soll denn der scheiß?!! Du willst einfach aufgeben? Bist du bescheuert? Tobi, du machst mir angst! Mail mir endlich, wo du bist, dann komm ich vorbei, wir setzen uns in irgendeine kneipe (muss ja nicht gerade eppendorf sein) und reden über alles! Melde dich, sofort, hast du kapiert?

Bis ganz gleich und keine widerrede
Mike

12. 5.
11:03

Tobias, ich warte immer noch auf eine antwort von dir!! Wehe, du hast schon was angestellt! Ich war sogar schon bei der polizei und habe ihnen alles erzählt, aber ich habe nicht den eindruck, dass die wirklich aktiv werden.

Es gibt gute nachrichten: Das tobias-nothilfe-programm ist gestartet! Agnes hat einfach mal ein paar pr- und werbeagenturen hier in hamburg angerufen und gefragt, ob sie vielleicht irgendeinen job für einen erfahrenen senior-consultant haben. Natürlich fehlt ihr, fehlt uns noch ein bisschen die (deine!) erfahrung, wie man sich dabei richtig ausdrückt. Ein paar waren schon etwas abweisend, aber einige waren auch sehr nett. Zugegeben, noch haben wir keinen neuen job für dich gefunden, aber wir sind ja auch erst ein paar stunden dabei. Und wir bleiben dran, versprochen. Agnes und ich, wir haben im internet eine liste von fast hundert agenturen in ganz deutschland zusammengesucht. Irgendwo wird es schon was für dich geben!!

Und noch was: Ich habe heute arne angerufen. Bitte raste nicht gleich aus, aber als der damals deine festplatte repariert hat, hat er zur sicherheit eine komplette kopie gemacht, falls irgendwas schiefgegangen wäre. Er schwört, er hat die ganze zeit nicht einmal in deine dateien geschaut. Doch jetzt ist ein notfall, habe ich ihm gesagt. Er soll noch mal all deine adressen von deinen alten kollegen herauszusuchen. Hat er auch gemacht.

Jetzt sitzen agnes und ich hier gerade zusammen mit schröder am küchentisch und warten auf antwort.
Außerdem versuchen wir gerade auch deine familie in amerika aufzuspüren.

Alles wird gut, du wirst sehen. Halt durch und mach keine dummheiten! Und vor allem, schreib mir endlich, wo du bist!!!!!!

Bitte, du bist doch mein freund!

Mike

12. 5.
15:59

Ach Mike,
vielen Dank für Deine Bemühungen, aber ich bitte Dich: Lass es!
Neben mir stehen vier Propangasflaschen, auf dem Tisch liegen vier Feuerzeuge, eine gute Flasche steht vor mir. Das Gute ist diesmal: Ich werde den Kater nicht erleben.

Dir auch gute Reise, wenn's mal so weit ist,

Dein Tobias

12. 5.
16:05

Tobias, was soll das denn?!! Was habe ich dir gesagt?!! Hör auf, so einen scheiß zu reden! Und vor allem zu machen! Finger weg von dem gas!!! Mann, ich habe dir doch gesagt, dass alles gut wird!
Außerdem haben wir die telefonnumer von deiner frau und deiner familie gefunden. Sie wohnt jetzt in baltimore, aber das weißt du bestimmt schon. Noch haben wir sie nicht erreicht, aber wir bleiben dran!!

Halte durch, bitte!!! Und sag mir endlich, wo du bist, verdammt noch mal! Sei doch nicht so ein bescheuerter idiot!!!

12. 5.
16:10

Tobi, bist du noch da??? Tu mir das nicht an …

Aber egal, wir sind alle an deiner seite, ich, agnes, arne, sogar schröder (hat überhaupt keinen durchfall mehr!). Also, bleib ganz cool und erzähle mir mehr über deine hütte. Wohnst du irgendwo in einem dorf bei hamburg? Oder in einer kleingartensiedlung? Komm schon, nur ein kleiner tipp, gib uns wenigstens eine chance, dich zu finden.

Tobi, bleib bei uns! und! melde! dich! endlich!!!

12. 5.
16:45

Bitte nicht!

12. 5.
16:50

Tobi, du lebst noch, ein glück!! Mann, du machst uns alle echt krank mit dieser scheiße. Nur damit du's weißt, wenn du dir was antust, bin ich ein leben lang verdammt sauer auf dich!

Also, die jobsuche läuft weiter, und es ist mir völlig egal, ob du hilfe annehmen willst oder nicht, wir finden was für dich. Und deine frau haben wir auch aufgestöbert. Okay, noch haben wir sie nicht am phone gehabt, aber dafür hat agnes mit deiner tochter antonia gesprochen. So ein süßes ding! Was denkst du eigentlich, was du ihr antun würdest, wenn du einfach so abtrittst?

Außerdem haben wir eine großfahndung gestartet. Wir gehen davon aus, dass du irgendwo in einer kleingartensiedlung sitzt! Davon gibt es hier ja nur tausende! Arne hat auf deinem rechner ein früheres date für die besichtigung einer kleinen bretterbude in niendorf gefunden. Bist du da? Wir sind schon unterwegs, aber immer zu erreichen.

Sind wir auf der richtigen spur? Komm schon, nur ein kleiner tipp! Sieh es einfach wie eine wette. Wenn ich dich finde, gebe ich dir einen aus, und wenn nicht, dann … gibst du mir einen aus, und wir lachen über die ganze bescheuerte geschichte.

Halt durch! Wir finden dich und dann wird alles gut!

UND SO LANGE VERSPRICHST DU, KEINEN SCHEISS ZU MACHEN, IST DAS KLAR?!!!

Und schreib mir wieder! Ich sitze am laptop und freue mich auf post von dir, kapiert?

12. 5.
17:31

Mann, Mike,
lass Tonia und Maybritt da raus, bitte, es ist schon schwer genug!!!!!
Kaum zu glauben, aber es ist wahr: Ich habe mal davon geträumt, ein liebender Vater zu sein, ein liebender Mann. Das musst Du mir nicht jetzt noch unter die Nase reiben.

Bye
Tobi

12. 5.
17:40

Was soll der blödsinn, natürlich »dockt« deine liebe noch bei deiner familie an. Tonia wollte unbedingt wissen, wie es ihrem papi geht. Das ist keine phantasie, sondern realität! Agnes hat ihr gesagt, dass du im moment sehr traurig und alleine bist und sie sehr vermissen würdest. Da wollte sie sofort mit dir sprechen, um dich zu trösten.

Aber ohne handy …

Und hör mit dieser bye-bye-scheiße auf!

Bis gleich
Mike

12. 5.
17:55

Hallo, Papa?

Dieser nette Mann aus Hamburg hat mir Deine Mail-Adresse gegeben. Er hat gesagt, es geht Dir ganz schlecht. Und dass Du ganz traurig bist. Stimmt das?

Ich bin auch traurig. Ich habe Dich so lange nicht mehr gesehen, ich vermisse Dich, Papa. Mama weint auch oft, ich glaube, sie hat auch Heimweh nach Hamburg und nach Dir. Sie sagt, egal, was passiert ist, ohne Dich sind wir gar keine richtige Familie mehr. Ich finde, das stimmt.

Wieso telefonieren wir nicht mal miteinander? Ich würde mich so freuen! Du bist doch mein Papa, der einzige, den ich habe.

Viele Küsschen und bis bald
Deine Tonia

12. 5.
18:05

Liebste Tonia, mein Kleines, ich liebe dich mehr, als Du Dir vorstellen kannst, das darfst du nie vergessen, ja?

Dein Papu

12. 5.
18:08

Lieber Tobi,

ich weiß, dass es extrem blöde gelaufen ist zwischen uns. Ich hätte Dir Antonia nicht entziehen dürfen, sie braucht ihren Papa. Was hältst Du davon, wenn ich mich morgen mit ihr in den Flieger nach Hamburg setze und sie zwei Monate bei Dir bleibt?
Ohne Vorbedingung, und wir sollten auch noch einmal reden, jetzt, mit etwas Abstand!

Ich denke an Dich,
Maybritt

12. 5.
18:13

Liebe Britti,

ich denke darüber nach, okay?

Dein Tobi

12. 5.
18:45

SCHEISSE, SCHEISSE, SCHEISSE!

Mike, Du schlägst mich mit meinen eigenen Mitteln, das schnalle ich jetzt erst.
Niemals stammt die Mail von Tonia.
Sie hat mich noch nie »Papa« genannt, sondern von klein auf »Papu«, und ihre Mutter sehnt sich auch nicht nach mir. Maybritt hätte die Mail immer mit Britti unterschrieben, da bin ich misstrauisch geworden.
So viel verstehe ich auch von IT: Die Mail stammt von Deinem Rechner!
Du hast keinen Kontakt zu Maybritt und Tonia!
Netter Versuch, Mike.
Falls Du sie tatsächlich erreicht hast, weißt Du es ja: Maybritt will nur eines: dass Tonia ihren Vater vergisst.
Weil ich einmal, wirklich nur einmal, fremdgegangen bin. Unverzeihlich, blöde, dumm, aber leider wahr. Ein Fehler, den ich in derselben Nacht noch Maybritt gebeichtet habe. Sie hat nichts dazu gesagt. Ich wollte eine Paartherapie mit ihr machen, das hat sie abgelehnt.
Hätte sie nicht mit mir darüber reden können, was schiefgelaufen ist?
Wenigstens einmal?
Schon wegen Antonia?

Schluss jetzt!!! Das einzig Noble, was ich jetzt noch tun kann, ist, keine Ressourcen zu verbrauchen, die die Menschheit so dringend braucht: Luft, Wasser, Essen.

Dein alter Freund
Tobias

12. 5.
18:55

Mann, tobias, ich will ganz ehrlich sein: Ich hänge an dir und will dich wenigstens einmal sehen. Dafür würde ich alles tun, sogar eine Mail von Antonia fälschen.
Sorry, sorry, sorry, aber ich war einfach verzweifelt.
Du hast mir so viele tipps gegeben, wie ich mein leben verbessern soll, dass ich kämpfen und an mein »potential« glauben muss. Und dann lässt du dich so gehen, hockst dich alleine in dein tiefes loch?
Über maybritt kann ich natürlich nichts sagen. Ist natürlich alles dumm gelaufen mit euch. Aber wenn ich richtig kapiert habe, ist sie sofort gekränkt nach amerika abgedüst. War damals vielleicht alles zu frisch, um darüber in ruhe zu reden, doch jetzt ist zeit vergangen. Vielleicht könnt ihr euch ja jetzt mal in ruhe ausquatschen, wer weiß, was dabei rauskommt.

Wenn nichts rauskommt, auch nicht schlimm. Mann, wie lange bin ich blödmann carola hinterhergerannt. Wie auf einen kranken gaul hast du auf mich eingeredet, damit ich endlich meine finger von ihr lasse. Mit erfolg! Jetzt habe ich agnes, und alles ist super! Ich bin sicher, auch für dich gibt es andere frauen! Du musst nur mal aus deiner hütte raus und dich ein bisschen umschauen!

Und natürlich ist da noch tonia. Sie kann nun gar nichts für den ganzen mist.

Sitze mit agnes im taxi, auch dabei: mein smartphone und schröder! Fahren durch alsterdorf gen norden! Hab heute alle deine mails gecheckt. Auch die gagamail: airbus 380, 9. 5. 10:15! Klar!! Hab am flughafen angerufen, welche startbahn, bin gar nicht so doof oder … Ich glaube, ich weiß, wo du hockst!

Halte durch, help is on the way!!!

Tobias, bis ganz gleich dann, und bitte, mach kein scheiß!! Versprochen?

Mike

12. 5.
19:05

Sind da, kleingartensiedlung zum sperber. Bist du hier irgendwo? Gerade startet eine turboprobmaschine, finnair, ziemlich laut. Es gießt schon wieder, ich sehe zwei fahnen im wind (hsv + hamburgwappen), eine kneipe, nur ein kleiner verschlag, leider closed, keine seele zu sehen, nirgends. Ein kleiner platz, von dem alle wege abgehen. Tobias, sind wir hier richtig? Mann, melde dich doch!!

12. 5.
19:23

Wir sind richtig!!! Ein einsamer mann hat dich auf dem foto erkannt! Weiß aber nicht, wo und welche hütte!! Narzissenweg, tulpen, veilchen oder rosen??? Agnes sucht auf der anderen seite, lilien, sonnenblumen, dahlien. Verdammt, tobias, nur ein kleiner tipp!!! Und mach kein scheiß!! Wir haben bier dabei! Lass uns nicht im regen stehen!

12. 5.
19:37

Respekt vor meiner Entscheidung!
Bleib weg, sonst fliegst Du mit in den Himmel!

12. 5.
19:39

Scheiß auf respekt! Gib zu, du willst doch, dass wir kommen, sonst hättest du den compi schon längst ausgeschaltet! Schröder bellt, kannst du ihn hören? Wo bist du? Sag schon, du verdammter idiot! Ich habe gleich meine seite durch, mir fehlen nur noch tulpen- und rosenweg!!

12. 5.
19:41

Das Komische ganz kurz vorm Ende ist: Du glaubst wieder an Gott.
Ich werde gleich bei ihm sein.
Sein Friede sei auch mit Dir.
Und bleibe von meiner Hütte weg!

12. 5.
19:42

Hab dich!! Ein wunder, im rosenweg! Schröder hat mich zu deiner kleinen bude gezerrt, am tor steht dein name, fürstenberg! Endlich!!

Ganz cool bleiben, tobi. Ich komm jetzt rein –

Anna Licht
BLAU
ist
GRÜNER
als GELB
Roman
atb